文芸社セレクション

右手でチャチャチャ

水城 れおん

JN126939

文芸社

目次

前書き

身体にハンディのある自分より、仕事が出来ない人達を目の当たりにすると、「障害者は、本当に、障害者なのか?」と疑問に思う。

身体が、精神が、ほんの少し不具合があるからと言って、会った事もないのに障害者呼ばわりは、全く失礼だ。

障害の種類は、星の数ほどあるのに、「一山幾ら」のトマトのように一緒くたにして欲しくない。

大体、「障害」と言う言葉は、人に付ける言葉ではない。辞書を引いても、「障害物」はあるが、私の辞書には、「障害者」では載ってない。

身体が不自由で、「不便だな」「まどろっこしいな」と思う事はあっても、障害になるとは、思わない。そう思う人の方が、多いと思う。

生まれながらなのか、脳性麻痺になったからなのか、定かではないが、自分は、「負けず嫌い」だと思う。

二十九歳で、マンションを購入してから、自信が付いたのかも知れない。興味のある事には挑戦し、全国を一人旅。する前に入念な下準備は、するが。詳細は、本編で。一人暮らしの年数が二桁に乗った頃、「自分の事を本に出来たら」と、漠然と考えていた。

新しい事をするには、勇気がいる。ましてハンディがあったら、何百倍もの勇気が必要になる。

原稿募集をインターネットで検索。会社の同僚に、「調べるの好きだもんね」と、よく言われてる。

大手出版社の自費出版費用の高さに驚く。年収の二年分。年金受給前に自己破産だ。そんな時、文芸社の「自費出版説明会」の文字が目に飛び込んできた。以前に通勤していた所の近くだった。お財布に優しい、定期券圏内。即、申し込む。出席者には、原稿やイラストを出版社の人に批評してもらえる特典も。ごく親しい友人に、米沢に行った時の様子をメールで八通送ってた。それを精査・校正し、原稿用紙に起こす。

原稿用紙で七枚。

後日、批評と一緒に原稿が郵送される。

出版のプロに批評して貰えた事で、自分では、大満足だった。

数か月後、スマホに非通知の留守電が。不審に思いながら、メッセージを聴く。「文芸社」の人だった。「説明会」で、原稿の批評をしてくれた担当者からの強い推薦で、「本を出版しませんか?」との連絡だった。説明会で、「小説の構想はあるが、まとまらない」と言った事を覚えていてくれたのだ。

「瓢箪からチャンス!!」

「前から、自叙伝を出版したいと思ってたんです」との希望を受け入れてくれ、契約。その後、面会、メールでのやり取り。で、目出度く? 出版にこぎつける事が出来た。

電話がなかったら、いつまでも自叙伝は、完成しなかっただろう。

電話に背中を押してもらった。

ハンディがある人には、「自分もこれなら出来るかも」ない人には「こんな事が出来るんだ」と少しでも感じて貰えたら嬉しい。

後書きで、また、お会いしましょう。

【登場人物（順不同）】

（かなちゃん）　著者
（プリン）　母方祖母
（エジソン）　母方祖父
（モナカ）　父方祖母
（師範）　父方祖父
（セカンド）　二歳下の弟
（エイト）　八歳下の弟
（タカ）　小学校の同級生
（リリー）　中学校の同級生
（こずえ）　中学校のバレー部員
（カスターニャ）　高校の同級生
（マドンナ）　マンションの隣人
（マドンナママン）　マドンナのご母堂

（モック）　元同じ会社の友人
（ガラシャ先生）　内科の女医
（ミクちゃん）　内科の受付の女性
（ランナー先生）　歯科医
（ハム先生）　整体の先生
（リコ先生）　アロマエステ担当
（ボード先生）　ハム先生のサーフィン仲間

誕生編

「東京オリンピック」の女子バレーボールで、「東洋の魔女たち」が活躍した、昭和三十九年（西暦一九六四年）。

同年の十月、宇宙一可愛い女の子、私、「かなちゃん」が元気な産声を上げ、誕生。「東京オリンピックの年に生まれたの!? 若いねー!!」と、最初に勤めた生命保険会社時代は、言われたのに、「お母さんに聞いてみます」と、通信教育の大学時代には、若くないに殿堂入り。

三鷹のアパートに両親と三人暮らし。同じアパートに母方の祖母と同世代の女性が住んでおり、大層可愛がってもらった。

高校の時、その女性と再会。彼女が亡くなるまで、手紙や年賀状のやり取りをする。彼女のプレゼントの布巾は、形見になってしまった。

運動神経が発達していて、一歳前には三輪車を乗りこなしていた。ママ曰く、「一歳前歩いたと言った覚えは、あるけど、三輪車に乗ったとは、言ってない」と訂正が

入る。「風邪をひかせないようにね」散歩に連れて行く父にママが声を掛けると、「はい」と、かなちゃんが答える。言語も飛び抜けて、発達していたらしい。

ママが、公園で遊ばせていると、「超、可愛い！」と、通りかかった小学生達が、口々に叫んだ。

それを見た美の女神、ヴィーナスは、一歳半の愛らしい赤ん坊に嫉妬。原因不明の高熱に。意識不明の重体に陥り、救急車で生まれた病院に搬送された。しかし、病室は満杯で、廊下にストレッチャーで寝かされた。

「この状態が解らないのか!! 至急、軽症の患者を退院させて、病室を空けろ!!」

通りかかった医師がストレッチャーで、痙攣を起こしている赤ん坊を見て叫んだ。彼のおかげで入院する事が出来た。命の恩人やね。

だが、意識不明である事に変わりなく、「親戚を呼んで下さい」と言われる。

両親は、それぞれ五人兄弟の長男長女。双方の祖父母にとって初孫。叔父叔母には、初姪。目に入れても痛くない孫であり姪だ。宮崎にいる母方の祖母も飛行機で、駆け付けた。

「プリン、プリン」とうわ言で言う。

「プリンなんて、上品な物で良かったね」と母方の祖母のプリン。

意識を取り戻し、ママにしきりに、顔を歪めていた。「何かしら？」「笑っているんだよ」とプリンが言った。顔が麻痺していた為、ママには解らなかった。

病室のある建物は、入ったら最後、生きては出られないと言われるほど、重症の患者が入るところ。

しかし意識を取り戻し、一般病棟に移る時、通過した各病室から、拍手が湧き起こったらしい。

命を取り留めたご褒美が、脳性麻痺。右脳が麻痺した為、左半身が不自由に。ほとんど左手足が、動かせない。原因は、予防注射ではないか？　と言われたが、本当のところは、未だに、解らない。

「窓枠によじ登りましたか？」検診に行った先の医師は、報告を聞いて驚く。身体は麻痺したが、運動神経には、影響しなかったらしい。脳の麻痺が少しズレていたら、一生植物人間だった可能性もあったそうだ。

三歳の頃、東京の小平市花小金井に引っ越し。近所に同じ年の女の子がいて、近くにある「立入禁止」の土管置き場で、形がオカリナに似た土管を潜水艦に見立て、一緒に遊んだ。当然、立ち入らないように金網の柵が張り巡らされていたが、柵の下の少しの隙間を、二人で掘り、中に入った。その頃は、標準体型だった。当然、洋服は汚れる。誤魔化す為、転んだ事にしたが、しっかりバレていたようだ。

今でこそ、「人と違ってこその自分」と思えるが、当時は、人生経験と誇れるほどの年数を生きてはいない。

「周りから浮かない、はみ出さない」という思いが強かった。だから七五三の時、女の子達が綺麗な着物を着て、千歳飴を持っているのを見て、「どうして私だけ着物じゃないの？」と不思議に思い、聞いた。同じ七五三でも、白い大きな襟の付いた紺色のワンピース。

身体の治療の為に多額の医療費がかかり、生活に余裕がなかったと今なら理解出来る。父が、半年の期限付きで、静岡県の浜松で仕事をする事に。建設現場で働く職人さん達のお世話をする為、花小金井の家は、そのままに家族でついて行く。

職人さんも一緒に、遊びに行った時、事件は、起きる。生まれて初めて飲んだ「ミルクセーキ」が凄く美味しくて、ママと職人さん達がくれた分も、飲みつくす。結果、気持ち悪くなり、もどしてしまう。学習能力は、その頃から優れていたらしく、それ以来、「ミルクセーキ」は、飲んでいない。

ママは、職人さん達の世話で忙しく、二歳下の弟、セカンドと遊んでいた。どうしてか解らないが、小学校に向かう小学生達の後をついて行き、迷子になってしまう。パトロール中の覆面パトカーに乗り、家まで送ってもらう。ママは、警察の人と解らず、「どちら様ですか?」と聞いたらしい。

引っ越したばかりで、浜松の住所を教えてもらってなかった。「花小金井の住所を言えば良かったのに」とのママの言葉に、「花小金井の住所を言っても無駄だと思った」と答えた。三歳でこの回答、末は大臣か、政治家か？　これが世に名高い「かなちゃん、覆面パトカーに乗る!!」事件だ。

花小金井で、一緒に遊んだ女の子が通っていたのは、仏教系の幼稚園だった。同じ幼稚園に通わせたかったが、「身体に障害のあるお子さんの責任は、取れません」とけんもほろろに、断られる。入園を許可してくれたのは、キリスト教の幼稚園。その幼稚園の名前が、W浅野主演のトレンディドラマに出てきた時は、ビックリ。その名前を聞きたくて、最終回まで完食。

幼稚園では、園児の中で一番知能指数が高かったらしい。「ニワトリの足は、何本?」「ぞうさんのお耳は、何個?」と幼稚園児の一般常識を答えた結果らしい。

喜んだママは、数値を尋ねたが、「過度な期待を持たせてはいけないと」と担当者は、ガンとして口を割らなかった。それよりも、他の園児達の将来が不安になる。

何十年ぶりに、始発に乗って、花小金井に行ってきた。凄く遠いというイメージだったが、通勤時間とほぼ同じ。

前日から、インターネットで何線何駅で、乗り換えたら楽か、検索。以前、手摺りがないと思っていた駅に付いていた。何線何駅から何線に乗換順路が動画で確認出来る。便利になった。

駅近にファミレスがあったので、電話して「支払手段」を確認。最低限の備えをしないと、スムーズに行動が出来ない。

駅に降りてびっくり。高いビルはないものの、建物が多かった。地図と自分の記憶は、信用出来ない事を思い知る。

小学校に行く時期になると「養護学校」にするか、「普通」の小学校にするか、迷ったらしい。幾つも「養護学校」を見学した。

「おばちゃん、養護学校にもいじめは、あるんだよ」ある養護学校に通う女の子の言葉で、普通の小学校に通わせる決断をした。

「養護学校」に行っていたら、同じ境遇の子供達と、理解のある教師に囲まれて、居心地は、良かったかもしれない。その狭い居心地の良い世界から出たくなく、チャレンジ精神も生まれなかったと思う。普通の小学校への入学を選んだ両親に感謝している（ちゃんと、感謝の言葉を入れたからね）。

洋裁を得意としないママが作ってくれた、スカートを穿いて、原宿の歩行者天国に行く。父と一緒に外出すると、自分が疲れるのか、茶店によく入る。当然、便乗して「パフェ」や「ジュース」が一日に何回も……。

反対にママは、財布の紐が固い。バズーカ砲をもってしても、開く事は不可能だ。そのママが「なぞなぞ」の絵本を買ってくれた。嬉しくて、その場に座り込み、早速読み始める。

その姿を外国人観光客が、写真に撮っていたと、後から聞く。もしかしたら、「パリコレ」に出る世界一のモデルになってたかも。

ハンディを負ってから、毎日のように転んでいた。「ちゃんと、前を見なさい。気をつけなさい」転ぶ回数に比例して、ママの小言も増える。

「落ち着きがない子なんです」ママは、医者に愚痴を言う。「左目の視野が狭く、遠近が摑めないから転ぶんですよ」と医師。小学校高学年、医師のその言葉を聞くまで彼女は、ハンディが原因とは、思っていなかった。

「もっと、早く教えてくれていれば、怒らなかったのに」ものは言いよう。


小学三年生の二学期に、マンションを購入し、千葉県船橋市に引っ越す。人生初の転校生。

建設ラッシュで、周囲も新築マンションだらけ。転校生が多く、クラスが増設された。当時は、それでも畑が多かった。

花小金井の小学校は、歩いて四十分かかった。だから、家から歩いて五分で行けるようになった時は、嬉しかった。

当時、おもちゃは、「誕生日」「クリスマス」「お正月」「こどもの日」など、国民的行事の時にしか買って貰えなかった。

他にも「条件付き」があった。「通知表」が上がったら、「焼き肉」。

また、中学三年生にならないと「コーヒーを飲ませてもらえなかった。両親が美味しそうに飲んでるコーヒーを、セカンドと二人、恨めしや〜。

待ちに待った中学三年生。「日曜日の朝食だけ」と言う条件付きでも、飲ませて貰えた事が嬉しい。セカンドは、当然、二年後。ムフフ。

二年後のセカンドの時までは、ルールが適用されたのに、エイトは、小学生で、コーヒーデビューをさせてもらった。「ずるい!!」セカンドと抗議する。

「だって、あんた達が飲んでるのに、見ているだけなんて、可哀そうでしょ」とママ。

十五歳になるまで、両親が美味しそうに飲むコーヒーが羨ましかった私達は、可哀そうじゃないのか?

当時は、理不尽だと思ったが、エイトの時は、「年を取ったからしょうがない」と自分を納得させる。


夏休みにプールに行ったら、「紅茶」が飲めるというルールもあった。

このプールで事件は起きる。プールに入る前にデッキブラシで清掃をする。自分も例外ではない。

清掃中、プールの中で転んで頭を打ってしまう。転んだ時は別に何ともなかったが、放課後、委員会の場所が解らず、校舎中を探し回ってた。当然欠席。雲の上を歩いているような気持ち。

放課後、同じマンションの同級生の母親が開いていた算数教室に行く。同級生も何人か通っていて、「お前、今日、プールで転んだんだよな。ドジだな」と同級生の男子が言った。

「やっぱり夢じゃなかったんだぁ」現実と夢がごっちゃになっていた。「記録喪失になったんだぁ」と自慢したら、「記憶喪失だよ」と訂正される。

「かなちゃん、記憶喪失になる!!」の全貌である。

条件付きは、まだある。「塩の瓶を左手で持つ事が出来たら、洋服ダンス」

「ベッドが欲しい」と言った時は、流石に駄目だと思ったが、普段の行いが良すぎたのか、救世主が現れた。父の弟で、宮崎で整骨院をやっている叔父。

「一週間に一回、自分に手紙を書くのを、二か月続けたら買ってあ・げ・る」

こうなると遺伝やね。見事、ゲット!!


次に控えしは、テレビ。当時、昭和のビッグカップル、山口百恵と三浦友和のゴールデンコンビの「赤いシリーズ」のドラマがあった。「赤い疑惑」はクラスのほとんどが見ていていた。見てないと、クラスの話題に入れない。

次に始まる「赤い衝撃」で話が持ち切り。土曜日の夜九時の放送。かなちゃんは、おねむタイム。

周りから、「浮かない」「はみ出さない」を呪文のように暗唱していた時代。話題に付いて行けなくて、浮きたくない。

「放送前の二時間、勉強したら、見せてあ・げ・る」と、許可が出る。

あの時の勉強は、全然身に付いてなかったと思う。だって、東大に行けなかったんだもん。思い込みもここまで来ると、犯罪だね。当時、日曜日は、エイトが通っていた幼稚園の教会学校に通っていた。紙芝居が毎週見れると思ったら、それは、よくいらっしゃいました、の初日のみ。

聖書のお勉強が多い。それでも、イエス様がお生まれになった十二月のクリスマス会は、楽しみだった。

ある年、プレゼント交換が開催される。一人、百円まで。当時でも、百円で家は買えない。迷い道くねくね、買いました。貰った物を、皆にお披露目。百円では買えない代物ばかり。本当に真面目なんだから、かなちゃんは。

なんと、私の購入したプレゼントが、牧師さんに渡ってしまった。「ピンクレディーの消しゴムです」牧師さんの罪のない笑顔が悲しい。

小学校では、毎年マラソン大会があった。

開催の二週間前位から、毎日練習する。

学校の下に田圃や畑があり、そこを走る。かなちゃんは、どうしても、皆に遅れてしまう。先生が一人付き添ってくれ、一人遅れながら走る。

マンションから、畑を走る生徒が見え、同級生のお母さんが、双眼鏡でその様子を見ていて、「かなちゃん、皆が走っているコースと同じ距離を走るのよねぇ」と、ママに感心して話したそうだ。


教会学校にも、小学校の同級生が数人、来ていた。その中の一人、中学でタカに会わないと思ったら、福岡に引っ越してた。

数年前、彼女の幼馴染でもあり、中学校のバレー部の友人「こずえ」経由で、何十年ぶりかで再会する。

ライブで京都に行く事になった。京都から博多まで新幹線で約二時間半。通勤で同じ時間がかかる身としては、乗り換えなしで、座ってるだけで着くんだもん。楽勝。

これは、会いに行くっきゃない。「京都ついでに会える?」と連絡。「京都から博多が何でついでになるの?」電車で十分、自転車で十分の通勤時間のタカには、信じられないのも当然だ。

彼女の家に泊まり、翌日は、タカの運転する車で佐賀に。予約してくれていた旅館に泊まる。最後に旅館に泊まったのは、何時だったか思い出せない。自分はホテル派だけど、たまには、良いかもね。タカは、日帰りでも温泉に入るのが、大好き。旅館のお風呂も何回も入ってた。

（タトゥーは入れてないけど）人に見せられる身体じゃない。誘われるも丁寧に辞退させて頂きました。

ランチも予約してくれていて、美味しい海の幸を堪能できた。

タカは、覚えていないかもしれないけど、小学校の体育の授業で、バスケをやった時、全くシュートを決める事が出来なかった。

「ボードの白い四角を狙うと、シュート出来るよ」とアドバイスしてくれた。

最近は、季節の節目に風景等の写真をラインで送ってくれる。

中学校は、歩いて三十分。小学校が歩いて五分だったので、凄く遠く感じた。中学校までの間に、マンモス団地があり、そこの芝生で、大きなスポーツバッグを置いて休んでいる新一年生が多くいた。

中学の通学カバンは、男子は、肩掛け、女子は、「黒革の手帳」もとい、黒の手提げカバン。この女子用のカバンが左手が不自由な身に、優しくない。

傘が持てない。カバン屋さんに相談して、黒い細いベルトを両脇に付け金具で留める。男子の肩掛けのように使用する。「郵便屋さんみたい」と言われる。そんなカバンを使っている、超可愛い女子中学生は他にはいない。老若男女問わず、皆にガン見される。「浮かないはみ出ない」をモットーに生きてる身には辛い。「私を見て！」と言えるほど、メンタルは、まだ強くない。現在は、肩から掛けるカバンは珍しくない。時代を先取りし過ぎたのだ。

全員、部活は強制的に、入部しなければならない。バレーボール全盛期で、ミーハーかなちゃんは当然、バレー部。兎に角、部員が多い。一年生のお約束、球拾い。コートをボール拾いの緑のジャージが埋め尽くす。

二年、三年も他の部に比べて人数が多い。一年生がレギュラーになれるはずはないのだが、新入部員の中にいても、上手な選手はいるのだ。先輩部員に覚えられる部員も出てくる。一年でレギュラーは無理でも、練習試合では、出してもらえる事も。

翌年、新入部員が入部してくると、補欠にさえなれない部員にも、ユニフォームを作ってくれた。背番号「30番」プロ野球「巨人軍」当時色んな意味で話題になった「江川卓選手」と同じ。

シューズは体育館履き。先輩風を吹かしたい「お年頃」。有志が顧問に直談判し、バレー専用のシューズ購入の許可を得る。

後日、部活に購入したバレーシューズを履いていったら、「それ、卓球シューズだよ」と友人。だって、同じ「M」が付いてるよ。バレーシューズを再購入。友人と一緒に買いに行けば…。背後にママの般若顔。

しかし、バレー部に入部したおかげ？　で、一躍有名人（本人談）になる。

体育の授業で、一年生と対抗試合をする事に。当時、「天井サーブ」が流行って、自分も猛練習。でも、ネットすれすれの切れのあるサーブしか打てない（決して自慢では……）。

なんとこのサーブで、サービスエースを連続十本も決めたのだ。新一年生、数か月前まで、小学生。本格的な試合なんて、未経験に近い。サーブを受けるも、次に継ぐ事が出来ず、ネットを越えられない。こんなに活躍したのに、全日本から、声がかかる事は、なかった。

それとも知らない所で、親が話を握り潰したのか？　この自信は、何処から？

バレー部のこずえ、クラスメートでピアノの上手なリリーと今でも交流がある。こずえは、タカと幼なじみ。一学期で、転校してしまう。

リリーは、大阪から来た転校生。彼女のピアノ発表会が、公民館であり、花束持参で、見に行った。合唱祭でも当然、ピアノ担当。

合唱祭と言えば、私のクラスは、三年間、毎年優勝だった。それを経験したのは、他に男子生徒二人。つまり、三人が、三年間同じクラスだったのだ。一年生の時は、「一日に何度も」二年生は、「海の若者」三年生は、教科書にも載っていた「木琴」。

この「木琴」を選んだ、もう一クラス。同じ曲でも、相手は「静」を表現、かなちゃん達は、「動」で表現。

歌を聴くのに飽きていた、生徒達もこの対照的な「木琴」を、静かに聴いていた。でも優勝は、「動」。

リリーとこずえは、三十年位前から、ゴールデンウイークに行われるクラス会の幹事を引き受けてくれている。担任の先生も都合がつけば出席してくれる。中学一年生の時のクラス会を毎年するなんて、珍しいねと、よく言われる。

先日も「クラス会」の下見を兼ねて、居酒屋に。食事だけで済むはずもなく、当然、お酒も。三人とも飲める。かなちゃんは、嗜む程度、だけどね。こずえとリリーの目が「嘘つき」と言っているような……。

「ぱっちん、しようか?」とリリーが言ってくれる。翻訳すると「割り箸を割ろうか？」と言う意味。

かなちゃんも「シュシュする？」と言う事がある。「消毒液使う？」の意味。

この年頃になると、一部単語が、幼児返りするのだ。こずえも、サラダなどを取り分けてくれたり、色々サポートしてくれる。お礼に二人の聞き役にまわる。「そんな事、あった？」二人の疑惑の眼差し。こずえは実家のある船橋、リリーは、私と同じ区に住んでいる。

近くに引っ越してきたリリーの家にこずえと一緒に訪問。引っ越し祝いに、「ビールサーバー」をプレゼント。リリーは、凄く喜んでくれ、特に息子君が、気に入ってくれてるらしい。こずえもリリーも車の運転が出来るので、三人で外出する時は、どちらかが、車で迎えに来てくれる。感謝しかない。


高校は、世間で不良校とレッテルを貼られた、私学の女子高に進学。受験直前に、母方の祖父、エジソンが亡くなり、お葬式で宮崎に行くも、無事、合格。能あるかなちゃんは、爪を見せた、ちょっとだけよ。

蓋を開けると、世間が言うほど「不良校」じゃなかった。確かにカバンを潰し、スカートを長くする生徒もいたが、推薦で大学に入る為、一生懸命に勉強と部活に精を出す学生もいた。「世間の噂を鵜呑みにするな」

カバンを潰す学生と反対に、アコーディオンの演奏が出来るくらい、幅広のカバンを持つ学生もいた。

不良に憧れていたかなちゃんは、潰す派。

不自由な左手に力を入魂、カバンを押さえ、セロテープで端を留める。

不良になりたかったけど、近所で、両親が後ろ指を指されるのは、可哀そうになり、思い留まる。親孝行なかなちゃん。

通学は、バスで駅まで行き、駅から徒歩約十五分の所にあった。市内だけでなく、県外・都心から通う生徒もいた。

体育の授業は、校舎から、学校のスクールバスで約二十分くらいの所にあるグランドまで行く。畑や田圃の中にあり、「何処の田舎に行くの?」と都心から通う生徒達は、失礼な事を言う。

校則が厳しい、と言う生徒もいたが、「靴下は三つ折り」「髪の長い女生徒は、三つ編み」の中学出身にとっては、全部が禁止じゃない校則は、ケーキに蜂蜜をかけたくらい、甘かった。

中学と同じ部活、「バレー部」に入部するも一か月で退部。「帰宅部」に。

「帰宅部」とは、何処の部にも属さず、名前通り、帰宅するだけの生徒の事だ。「真面目だね」と言われるのが嫌いなかなちゃんは、ここだけは不良になる。

駅に直結するデパートにアイスのお店、「サーティーワン」が入っていた。初めは、少ないお小遣いと相談、慎ましくシングルを注文。

でもお店には、「ダブル」「トリプル」もあるのだ。加えて、カッコイイ店員さんの笑顔。ついつい財布の紐も緩む。頻繁に通っていたが、財布は空になるし、制服はきつくなるしで、自然に足は遠のいていた。

家庭科は、「食物」と「衣服」のどちらか一つを選択。「将来、絶対に必要になる」とママの助言で、「食物」にする。白衣が着られるのも、選んだ理由の一つ。毎回、自分達で、作った料理を食べる。

ある時、文部科学省主催の「食物検定」を受験する事に。一番級の低い「三級」は、全員必須。「二級」「一級」は、希望者のみ。

「三級」は、「お弁当」が課題で、味はもちろん、見た目、配置などが審査の対象に。

受験者は全員合格。かなちゃんと言えば、「二級」も合格し、一番上の「一級」に挑戦する事にする。

「魚のムニエル、タルタルソース和え」「コンソメスープ」「サラダ」だったと思う。後片付けも入れて、制限時間は、一時間三十分。十字架を背負った身体、人より時間がかかるのは、誰の目にも明らか。

でも合格したい、スポットライトを浴びたい。負けず嫌いに火が付いた。夏休みに前述のメニューを、家族五人分何回も作る。最初は、時間内に終わらなかったが、回数を重ねる毎に、制限時間に追いついた。目出度く、合格。合格者は、校内集会の時、校長先生が一人一人名前を呼ぶという、サプライズ。良い思い出。この夏休み、一番食費が掛かって、ママは……。

不良校でも「中間試験」「期末試験」は、あるのだ。約四十五人のクラス中、成績順位が、十番台になった。小学・中学の時は、想像さえ出来ない。全国模試でも、自分の下に何万人もいる事実。少しは、自信がついた。

二年生の時、各クラスから、生徒会役員の候補を出す事になる。当然、自ら立候補する者などない。時間だけが無駄に過ぎる。

「立候補しても、選ばれるとは限らない」と、安易に立候補してしまう。この性格は、後の「管理組合」でも発揮されるとは、露知らず。

結果は落選。当時まだ、喘息全盛期、演説当日に発作を起こし、本人不在のまま、応援演説をしてくれた友人のみのスピーチになる。友人達には、感謝しかない。

一年生の時のクラスメート、カスターニャと今でも会っている。

彼女とは卒業してからも、泊まりで、兵庫県にある宝塚歌劇団の大劇場に歌劇を一緒に観にいき、ファミリーランドで遊んだりした。

カスターニャの運転で、海水浴にも、犬吠埼の灯台にも連れて行ってもらった。

「ひし形の近くには、横断歩道」「オレンジの線、追い越し禁止」など交通ルールは、この時覚えた。

特記すべきは、彼女と宮崎にも行ってるのだ。プリンの家に泊まり、観光バスで「鵜戸神宮」などを見て回る。私達のバスは二号車で、一号車の次に後続の「三号車」が出発した。それを見た、プリン、「こっちは、二号車、順番に出発するべきよね」と、私達が出発するまでブツブツ文句を言っていた。

初孫としては、プリンの所だけだと、父方の祖母、モナカが良い顔をしない。もちろん、彼女にも会いに行きました。

「ちぎり絵」「大正琴」「演劇」「体操」と、モナカは多趣味だ。女学校時代の友人達と趣味で、頻繁に会っていた。

モナカを始め、友人も、長生きの人が多かったが、友人が一人減り、二人減り、会う友人が減ってくると、心なしかモナカは、寂しさを匂わすようになった。

カスターニャと一緒に会いに行った時、モナカは、大層喜んでくれた。自分が作った「ちぎり絵」をプレゼントしてくれた。

カスターニャの実家には、それが今も、額縁に入れて、平成の「天皇陛下」の写真の横に飾ってある。モナカはこの十数年、干支のちぎり絵を、クリスマスプレゼントと一緒に贈ってくれる。

私が、凄く喜ぶので、「プレゼントのしがいがあるわ」と、言ってくれている。

友人で、唯一モナカとプリンに会った、カスターニャは、コロナになるまで、よくゴールデンウイークに会っていた。私の一人暮らしと同じ年に結婚した。ご主人も一緒の時がある。


高校三年、「大学進学」か「就職」か、進路を決める時期になる。

その頃は、「勉強」が嫌いで、大学進学など、全く頭になかった。

学校もどちらかと言うと、「就職」に力を入れていた。企業の就職募集案内が、掲示板に多数、張り出される。しかし、身体の不自由な、かなちゃんには……。

そんな時、千葉市で、身体・精神に障害のある人達の為の、企業の集団面接が開催された。高卒・大卒だけではなく、社会人も。

午前は、自分の希望する企業との面接。午後は、企業から指名を受けての面接。

午後の面接で、保険会社ともう一つの企業から指名。

生命保険会社から、内定をもらう。

学校は学校案内で、卒業性の「入学した大学」「就職した企業」の名前を載せているが、内定した会社名の名前も、しっかり載っていた。

就職が内定した学生のほとんどは、入社前から研修があり、授業を休んで出席した。

自分の娘に、研修の声が掛からない事に、不安を覚えたママ、会社に連絡する。

「入社後に研修を行います」との回答に、やっと安堵したらしい。

上場会社への就職も決まり、無事、高校も卒業したかなちゃんの親孝行が証明された。

【完】

仕事編

高卒の障害者枠で、生命保険会社に就職。

身体にハンディがある娘の就職が決まり、両親は両手を挙げて喜んだとか。「下り（空いている）電車で通勤出来る所にしなさい」と何回も言った。毎朝、四時に起床し、駅まで約三十分歩き、上りの始発電車で通勤する娘の姿など、想像さえ出来なかっただろう。自分も。

当時、金融機関は、現代では考えられないが、完全週休二日制ではなかった。生命保険しかり。土曜日は午前だけの勤務。当時の言葉で言えば「半ドン」。のちに、隔週で土曜日も休みになった。保険会社の勤務時間は、午前九時から午後四時二十分。午後五時までの会社が多かったので、得した気分になれた。

給与は手渡し。初めての給料を現金でもらい、就職した実感を初めて持てた。

高校は制服だったので、洋服はあまり必要なかった。会社も制服だが、会社で着替える為、洋服もそれなりの枚数が必要になる。初任給は、服と送金で消えた。

親戚をはじめ、お世話になった人達に、千円ずつ送金。ママの案。

数年前、送金した親戚に会う機会があり、「あのお金、●●の時に渡そうと思って、大事に預からせてもらっているわよ」●●が思い出せない。就職？　独立？　貰ってない。結婚かぁ!!　一生貰えないだろう。

ＪＫ時代のお小使い月五千円也。それが一気に万単位。ミッキーマウスのマグカップとポット、テレビ、ビデオデッキ。買いまくり～。

洋服に無頓着で、同じ服で二日続けて職場に行ったら、「疑われるから、気を付けた方が良いよ」と忠告。貧乏を？　じゃなく、外泊したと思われるからと言う意味。

女性社員は特別な事情以外は原則、自宅通勤。一人暮らし厳禁。男女雇用機会均等法が成立する三年前は、こんな時代だった。生命保険の賞与は良く、三十五歳の先輩主任は、百万円以上貰っていたはず。消費税のない時代。十代の自分でも二年目の冬は、五十万円以上もらった。食費を入れているとはいえ、実家暮らし、貯金は増える。マンションの頭金は、この時の貯金の賜物だ。

「十代の小娘が俺より多いなんて働く気がなくなった」と、建築会社に勤める父は、暫く落ち込んでいた。

生命保険会社には、契約を取ってくる外交の女性社員がいる。ある年数勤務すると契約に比例して給与も右肩上がり。成績トップの女性の二十センチはあるだろう札束の給与を見た時の衝撃は今も鮮明に覚えている。

外交社員は、顧客本人の誕生日、結婚記念日はもちろん顧客の子供達に至るまで、記念日にプレゼントを欠かさない。プレゼントの品は、会社で注文する。事務方の社員にも何かにつけプレゼントをくれる。ハンカチ、タオル、お菓子など、エトセトラ。ハンカチが五十枚以上になった。

契約数が増え、成績がトップになるにつれて、気前が良くなる。収入もアップ、外交のおば様達は、母より年上が多く、新人にも気さくに声をかけてくれた。

雑談で、家に食費を入れてる話をした。

「結婚資金として貯金してくれてるのよ。いずれ戻ってくるから大丈夫よ」とおば様。その事をママに話したら「何言ってるの。うちは、しっかり食べてるわよ！」えっ？　違うじゃん。おば様達に報告すると、「お母さん、継母なの？」と信じられないと、目を丸くして言った。生命保険会社時代の話になるとこの「継母事件」が必ず出て、我が家の笑い話になっている。

マンション購入時に親が出してくれた資金の一部は、この時の食費もあったらしい。世紀を跨ぎ、「継母」でない事が明らかになった。

若い女性社員は、チヤホヤされる。身体にハンディのあるかなちゃんも例外ではない。

年齢は三歳上だが、入社年は、一年先輩の女性社員から、いじめの洗礼を受ける。初めの頃は、新人の珍しさも手伝ってか、気持ち悪いくらい優しかった。

ピチピチの十八歳で、素直な新人、オジサン社員じゃなくたって、かまいたくなるじゃん。張り合おうなんて、年上過ぎる。

数か月前までは現役ＪＫ。世間の事など全く知らないのだ。黒を白と言われても、判断出来ないもん、素直に従うしかないじゃん。

ハンディがある社会経験の全くない新人、会社も腫れ物を扱うように、恐る恐る様子を見つつ、接していたのだと、今なら判る。

社会人二年生でも、今まで自分が一番下でチヤホヤされていたのだ、面白くない気持ちも、よく解る。

成長したなぁ（何十年たって、成長しない方が可笑しい）。しかし、数十年前の自分は、未熟だ。今の境地に達するはずもなく、小さい頃のいじめが蘇ってきた。

挨拶を返してもらえない、話しかけても無視される、小さい頃のいじめにもなかった仕打ちだ。耐える伸び代がない。

「もう、辞めたい!!」ママに訴える。

「折角、就職出来たのに」と取りつく島もない。

毎日毎日、「辞めたい」を連発する私に、根負けしたのか、「辞めても良いけど、三年は辛抱しなさい。『石の上にも三年』と言うでしょ?」

「障害者枠があったから就職出来たのよ。三年以内で辞めたら、ハンディがあって就職する人達が辛い思いをするのよ」彼女も真面な事を言う時があった。

退職まで後何年、目標が定まったからか、気持ちに余裕が出来る。それでも、楽しい思い出もあった。

東京ディズニーランドが出来た年で、同僚の車で、遊びに行った。JK時代、少ないお小遣いで、手が出なかったダンボの縫いぐるみを購入。

支店長は着物が大好きで、仕事始めの一月四日は、女性社員は出勤時間を遅くしても良いので、「なるべく着物で出社するように」とのお触れを出す。

現在だったら、職権乱用のパワハラで訴えられるかもね。

そこはほれ、男女雇用機会均等法がない時代と言う事で。

三年は、あっと言う間に過ぎ、退職願を出した後に、奴も退職することが判明。

事前に情報を察知してたら、退職願なんて出さなかった。後の祭り。令和の自分だったら、やり返している。半沢直樹、真っ青の百倍返し。当然でしょ。

毎日が日曜日、が快適なのは、一人暮らしの人の言葉だ。自由な時間は増えたけど、何をしていいか、判らない。

部屋の掃除なんて、一日もかからないし。

「三食昼寝付き」ボケる!!

「暇なんでしょ。洗濯物干してよ」命令されると、やりたくない。天邪鬼。ママにとっても、娘が一日中、家にいるなんて、想定外だったと思う。食費の収入も断たれた訳だし。

文句言いながらも食費を入れない（入れられない）娘に三度の食事を作ってくれるんだから、感謝しないとね。急にぬれ落ち葉になった娘の対処法なんて、育児書には書いてなかったと思うし。

父方の祖母、モナカが、戦前住んでいた中国の大連に旅行すると聞き、便乗する事に。祖父の教え子も同行するツアー旅行。そしてもう一人の祖母、プリンも。

モナカの連れ合い。つまり私の祖父、師範が戦前、大連で柔道の講師をしていて、住んでいたのだ。当然、モナカも一緒だった訳で、思い入れがある。

プリンと私は初の海外旅行。

大連に行く事になった私達に添乗員さんが相談してくる。一人で参加している人は、他人と同室になってしまう。その中の一人の女性が、年配女性の鼾が酷く、睡眠不足で困っているらしい。食事の時、鼾女性の男性家族が、被害女性に謝っていたのを見た。気心知れた人でも辛いのに、ストレスが溜まっていると同情する。

幸い私は、ツインを一人で使っていた。添乗員さんは、大連に行っている間、彼女にその部屋を使用させてあげて欲しいと。勿論、快く承諾。大連はツアーに含まれておらず、モナカ、プリン、師範の教え子と私四人、別行動で、大連に向かう。中国人の龍さんと言う男性がガイドとして、同行してくれた。

日本語が流暢。大連に向かう列車が到着するまで、「貴賓室」と書かれた部屋に案内される。多分、外国人専用待合室。私達と龍さんのみ。中国では待合室を「貴賓室」と言うのだろう。「貴賓室」、個人的に皇室を連想する。

列車には、中国の乗客も乗車していた。気さくに「日本語」で話しかけてくれ、「向日葵の種」をくれた。これは、おつまみのようなもの。初めてだけど、美味しかった。

社交的なモナカが、「日本語が上手ねぇ」と言ったら、その中国の人が、「自分は、一九六四年の東京オリオンピックに出場した」と話してくれた。

ホテルの「宿泊カード」は、英語でも書かれていた。プリンもモナカも未亡人。「お母さん（プリンに）、其処に《無》と書いちゃダメですよ」「SEX（性別）」に回数を書こうとしていた、プリンにモナカは言った。

思うに、モナカは、他の人に同じ事を言われ、復讐のチャンスを狙っていたのでは？　モナカは、お茶目だ。宮崎に大淀川という川がある。両側は、ジョギングなど、人が歩ける道路。お墓参りの後、二人でアイスモナカを食べながら歩く。「なんか、原宿を歩いているみたいだねぇ」多分、情報番組を見ての発言かと。また、父とディズニーランドに行った時、「六十歳以上の方は、割引になります」と入口で係の人が言う。

ゲートを通過した後「なんで、六十歳以上って判ったんだろうねぇ？」と父に聞く。「顔見れば、誰だって判るさ」父は、呆れ顔。

プリンも負けてない。大きなかぼちゃを二人だけでは食べきれず、三日三晩、メニューを変え食卓に上る。

かぼちゃは、好きだが、こんなに続くと流石に、見るのも嫌になる。数年間は、ほとんど食べなかった。かぼちゃの話をする度、「他のものも食べさせた」とムキになってプリンは怒る。

ママと買物に行った時、一掴み掴めた分だけ購入出来る、掴み取り大会が開催されていた。ママが掴もうとしたら、「私の方が手が大きいから」と、プリンが掴む。

「奥さん、仰山掴んだねぇ」と店主は悔やし顔。プリンの手が大きい事の証明。

プリンの連れ合いのエジソンは、ビニールハウスの暖房器具を発明した。

当時の経営者には珍しく、社員に厚生年金に加入させた。保険料が引かれ手取りが少なくなる事に、不満を言う社員もいた。しかし、年金を貰うようになると、感謝したらしい。エジソンは、天皇陛下から勲章も貰った人物だ。取材の時に入院していて、甘いものを制限されていた。プリンの目を盗んで、羊羹を口に入れた。それを知ったプリン、彼の口に手を突っ込み、羊羹を取り出したらしい。

噂の大きな手で。

モナカのハズバンドの師範も勲章を貰っている。

中国最後の晩は、ツアー客の為に、お別れ会が開かれた。私達が会場入りした時は、人も少なく閑散としていた。

周りを見渡すと、二十センチ位の段差を見つけた。これが舞台になると直感し、皆を段差の前のテーブルに誘導する。案の定、段差が、舞台に早変わり。五歳位の小さな女の子達が、綺麗にお化粧し、中国語で、歌を数曲披露する。一番前でよく鑑賞出来、皆に感謝される。テーブルには、他のツアー客もいた。

身体にハンディがあるとは知らない娘を甲斐甲斐しく世話をする六十代後半のモナカと、七十代前半のプリンの関係が異様に映るのも無理はない。

プリンとモナカの両方の初孫だと知って「信じられない」と驚いた。両親の母同士が一緒に旅行をする、奇跡と思ったらしい。

プリンが「まあ、お母さんの腰はなんて細い柳腰なんでしょう」とモナカを褒めると、「お母さんこそ、おみ足の足首がキュッと、しまって細くて羨ましいですわ」とプリンを褒め返す。キツネとタヌキの化かしあい。

中国で「貴賓室」に案内されたのが、よほど嬉しかったらしく、プリンは亡くなるまで「貴賓室」に案内された事を自慢していた。学校に通っていた時は、毎日勉強が嫌で、早く大人になりたかった。会社にまでテストがあるとは、露知らず。

仕事をしていた時は、厚生年金が給与から天引きされて、払っている実感がなかった。

会社を辞めて国民年金になる。天引きされている時は、高いと思わなかったが、収入がなくこの金額を毎月払うのは、かなり痛い。

ぷー太郎、よく言えば家事手伝い。退団の時期が来たのかもしれない。

職安に行き、職探し。しかし、障害者の求人は、未だに少なかった。あるのは、やはり大企業。

同業の生命保険会社を受けるが、応募者の数が凄かった。二年間、浦島花子だった人物を採用するほど、社会は甘くない。当然、不採用。

その矢先、交通事故で左足を骨折する。就活中断。ぷー太郎も三年目に入る。

麻痺の為、完治に一年間かかる。筋肉が衰え、リハビリの日々。日常生活に戻ると、就活を再開する。

どうしても、金融関係になる。今度は、証券会社。面接にも慣れ、帰りに喫茶店（当時は、カフェなんて、こ洒落た言葉などない）に寄る。「キャパは狭いが全て出し切った。ご褒美」とチョコレートパフェを食べる。

後日、採用の連絡を貰う。パフェ効果「困った時のチョコレートパフェ頼み」のジンクスは、ここから始まった。

入社したのは、「天安門事件」の年の一九八九年の六月。証券会社勤務だと思ったが、関連会社への出向だった。

証券会社のパソコンなどの機器をリースする会社だ。

平成元年、昭和がまだ色濃く残る時代。女性社員の「お茶くみ」健在。左手が不自由な私の為に「ワゴン」を購入してくれるが、ほとんど使用しなかった。囲いのないワゴンで、湯飲みを載せて押したら、絶対落とすと思ったから。購入する前に、一言聞いて欲しかった。

この関連会社に配属されて、数か月後、人事担当者が、訪ねて来る。人事に「障害者枠」で採用した社員の勤務状況を報告していなかったのだ。

実は、此処でも、パワハラがあった（当時は、その言葉は、浸透していなかったが）。教育係の男性社員が変わり者。お茶の道具を持ち込み、給湯室で、「シャカシャカ」点てる。「筆ペン」で、伝票を書く。

何かにつけ「もう、二十五歳なんだから」と言葉を付ける。私より、十五歳も上なのに!!

令和の法律では、「死刑」確定。

その他諸々、パワハラ・セクハラのオンパレード。

その時、人事担当者の訪問は、渡りに舟だった。前述の事を、涙ながらに訴えた。

この年の女優主演賞、決定。

驚いた人事担当者、慌てて本社に帰って行った。はず。

「涙効果」か、数か月後、システム部に異動になる。

パソコンなんて、ほとんど使用したことないのに!?

その当時の部署は、パソコンじゃなく、ワープロで、一台を十数人の部員が、時間を決めて共有していた。異動したのは、重ねて言うけど、システム部。

同じ部署に同期の女性が、自分を含め、三人いた。

一人は、短大卒の四歳下。もう一人は、四年生大学を一浪して卒業した同い年。

平成元年でも若い女性がチヤホヤされるのは、変わらない。自分は、十代でチヤホヤされた経験があり、何とも思わなかったが、同じ年の四大卒は、面白くなかった。

気持ちは解るけどね。

ある朝、通勤途中、駅のロータリーを歩いてると、後ろからバイク音が聞こえ、何気なく振り向いた瞬間、額に痛みを感じた。

バイクが、弾いた小石が運悪く命中したと思ったが、二人乗りの男性の一人が撃ったエアガンだった。

駅前で、チラシを配っている顔みしりの市議会議員が、心配して飛んで来てくれた。お礼を言って、何事もなく電車に乗って会社に向かうはずが、気が付いたら、実家にいた。

驚いたのは、ママ。そこにいるはずのない愛娘が立っていたのだ。母親に付き添われ、自分の家の近くの交番に行く。

額の赤くなっている箇所を見た、警察官。「ふっ」と言いかけて止めた。「吹き出物」と言おうとしたと推理する。パンチ!!

船橋に引っ越して、暫くして、マンションの別の棟で、火事が起きた。その時、その場に居合わせた警官の一人が彼だった。

交番に行って判った事は、早朝、別の場所で、警備員がやはりエアガンで、撃たれたと報告があったらしい。多分、同じ犯人ではないかとの事。

「可愛いから、狙われたんだよ」と父。「全く男って奴は!!」と、ママから呆れられたのは、言うまでもない。これが、「かなちゃん、狙撃される」事件である。

システム部に在籍中、人生を狂わす事件が起きる。「山一證券」の倒産だ。関連会社であった為、ボーナスのカットが二年も続いた。二年前に新築で購入したマンションの住宅ローンのボーナス払いは、出来るのか!?　マンションの売却を本気で考えた。

アメーバーの涙ほどしかない、微々たる蓄えを取り崩し、何とか滞納を免れた。親に頼るなんて、意地もありしたくない。そもそも親に頼ってまで、独立なんてしないさ。

ママは、頼んでくれれば、援助しようと思ってたという事を、最近知った。

二十一世紀に入り、世界を揺るがした九・一一事件が起きた同年、証券四社の合併で、会社の規模が大きくなる。

今度は支店に異動。会社の規模が大きくなり過ぎて、リストラ対象に選ばれたのか!?

本人は、通勤時間が短縮され、ルンルン気分で楽しく通勤。その時の支店長が、合併前の同じ会社出身。歴代の上司の中で、上位二番目の良い上司。

着任して、支店長との面談で、「何か、(ハンディの為)、報告しておきたい事は、ありますか?」と聞いてくれた。「書類を三枚以上、ホッチキスで留める事は難しいです」と言う。

「そうだよね、片手だと大変だよね」と想定外の答えが返ってきた!? 此処まで、理解出来る人は稀だ。

支店長が只者ではないと確信する事件が。

「蟹は、大丈夫かい？」ある日、支店長から内線が。その日は、慰労会で営業・事務合同で、本所吾妻橋に蟹を食べに行く事になっていた。蟹の殻を剥けるか心配してくれたのだ。

いざ、席に着くと、右側に営業課長、左側に事務課長が待機!? 二人して、せっせと蟹の殻を剥いてくれる。「課長、S、剥く人、かなちゃん、食べるだけの人」

ある日、支店長に呼ばれる。「広報部に異動の辞令が出たよ」と言われ、「マスコミ関係の仕事ですか？」と目を輝かせる。

「そういう仕事もあるかもね。名前通り、ミーハーだね……」と苦笑い。

支店には、九か月だけ在籍。この間、支店長は、給与をアップしてくれた。それで、人事は、リストラ対象者から除外したのか？

広報部に異動してしばらくして、支店長も松山支店の支店長で、異動になる。

父が急死し、会社の訃報連絡に載る。葬儀場に支店長から、弔電が届いていた。セカンドが見つけ、これは義理じゃないよと。忌引き明け、早速、松山支店にお礼の電話を掛ける。支店長には、感謝しかない。

広報部では、代表電話を取るオペレーターが主な仕事。電話の声は、百オクターブ高くなる事が、買われたらしい。

二十一世紀以降、二十年で五回の合併。

小学校三年生の時の同級生の男子が、合併で同じ会社になる!?

それも、実家は、同じマンション。

合併を重ねる度に社名が長くなる。全部言わないうちに、電話の相手は喋ってくる。

二十二文字にも及ぶ社名をやっと言えるようになったんだから、最後まで言わせてよ!!


オペレーター業務が総務部に異動したのに伴い、総務部に異動になる。総務部は、旧三菱系の社員が多くいた。

その三菱系の社員達の間で、「仕事が出来る人」と、私の事が噂になったらしい。「ハンディがあっても、評価はされる」を証明。一流の人間は、違いが判る。

その後「口座開設課」「お客さま相談室」に異動になり、現在は、「マルチオペレーション部」という部署だ。

この部署の上司が、一歳年上。事あるごとに気にかけてくれる。印刷機で一緒になると「元気かい?」「懐が元気じゃありません」と答えると、「上手いなぁ～。でもそれは、どうにもしてあげられないなぁ」

「口紅付けてる!!」目ざとい同僚の女性が気付く。社内報に各部署の紹介するページがあり、バーベキューの串を持ったポーズで、一人写真を撮られることになったのだ。

運悪く、後世に残るかもしれないと思い、防衛策。広報部に頼み込み、社内報を数冊、送って貰う事に成功。手紙を添え、父方、母方の親戚に送る。一族思いのかなちゃん。

片手での操作は、ガラホが手に優しいのだが、時代の流れに負けて、スマホに変える。

ママも同じ機種を購入、実家に行くと、先生になってかみ砕いて教える。なんて、親孝行なかなちゃんでしょう。

仕事のパソコンで入力していると、右手の指に酷い痛みが走る。数日前から痛く、騙し騙し入力していた。キーを押す事も出来なくなった。ちょうどスマホに変えて、一か月、スマホのせいか、右手を酷使し過ぎか、原因は、定かではない。

他の人が両手でキーボードを打つのに、かなちゃんは、右手だけで入力する。しかし、スピードは、さほど変わらない。それは、頻繁に使用する文字・単語を辞書登録して、一文字押せば、複数の文字が入力出来るようにしているから。技術の進歩で、工夫次第で、ハンディがあっても引けを取らない。

保険会社時代は、パソコンではなく、本当にコンピュータ。キーが重く、一文字一文字打つのに力がいる。電話も四人で、一台。

証券会社は、ワープロで始まり、やっとパソコンに。それでも電源を入れるのに、「Ａｌｔ」「Ｄｅｌｅｔｅ」「Ｃｔｒｌ」の三つのキー同時に押さないと、電源が入らない!?

野球マンガの「ドカベン」の秘打男「殿馬一人」じゃないんだから、指の間を広げる手術なんて出来ない、お金もない。

「ドカベン」の殿馬は、野球の他にピアニストとしても優秀だった。彼の手は小さく、離れた鍵盤を弾くだけの指の長さがない。

彼は、指の間を広げる手術をして、克服した。

発明家の祖父、エジソンから、想像力を隔世遺伝されたと信じたい、かなちゃん。考えに考え、左手の人差し指で「Ｃｔｒｌ」を押す事を閃く。隔世遺伝見参。

平成の終わり頃から、会社の「業績評価」への不満が募る。二分の一の機能で、仕事を停滞なくこなしている（出来るように工夫をしている）のに、評価が上がらない。

評価が上がらないと役職も上がらない、給与も上がらない。ないない尽くしのてんこ盛り。

段取りが悪く、仕事が終わらず、後に処理する人も遅くなる。経費節減の逆方向を行っている。そんな人でも、役職は上で、給料も多い。本当に成果主義!?

持ち前の「負けず嫌い」で、ハンディがあっても、工夫して引けを取らないようにしてきた。

右手の腱鞘炎を防ぐ策として、「保冷剤」を横に置き、パソコンを打つ。家で、マンガを数冊、顎に挟んで運ぶのだが、会社で、ついそれをやってしまった。

五センチのファイルを顎に挟み、キャビネットを整頓しているのを、男性社員に見られ、「凄いなぁ」と言われる。

ハンディを感じさせないことを、モットーにしてきた。「ハンディがある事を忘れてつい、何でも頼んでごめんな」と言ってくれる。成功なんだけど。

基本、経験のない仕事を「出来ません」とは、言わないように心がけている。勤続ウン十年、十本の指に上る部署を転々としてきたボヘミアンの、かなちゃん。

ハンディは生きてきた年数とほぼ同じ年。

半世紀以上になるが、周りの反応は、昭和とあまり変わらない。

パソコン（以下ＰＣ）で研修を行う際、講師の指示に従い、ＰＣを操作しながら進めていく事が多い。最初は、付いていけるが、初めて見る画面だと確認に時間がかかり、だんだん付いていけなくなる。

教える人は、自分のＰＣを見ながら説明してくれるが、その人の画面の大きさだと、まず見えない。

「ほら、ここをクリックして」画面が、小さ過ぎて見えない。その人に限った事では、ないが、「自分が出来る事は、他人も当然出来る」という神話。自分はＰＣ画面を、百五十パーセントの大きさにして作業する。そうしないと数字は、特に見えない。

理解してくれる上司が、定年を控え、役職を外れた。同僚の男性が、新上司に。

交代後、初面談。

「数日前からしている眼帯ですが……」業務目標の確認も終わり、「何か話したい事があれば」との言葉に切り出した。

このオスカル様譲りの、大きな目が、見えてないといっても、信じてないなと思い、面談の数日前からほとんど見えない右目に眼帯を貼り、「見えない」を形にする事にした。

「何故、今になって!?」それは、「貼る眼帯」の存在を、知ったから。

それまでは、マスクのように耳に掛ける、眼帯しか知らなかった。

マスク使用が緩和されたとは言え、しないのは、不安だ。

そうすると、眼鏡・マスク・眼帯の三つを耳に掛ける。耳がちぎれる!!

紐のない眼帯をしてる人を見て、「これだ!!」と、閃く。検索すると、「あるじゃありませんか!!」お試しで、少量を購入。バンドエイドのように剝がせる。

清潔を保つ為、通信販売で大量購入。

家で実験。問題なし。貼って通勤。

「目、どうしたんですか?」同じ車両で一緒になる年配の女性が声を掛けてきた。

「見えません。アピールです」脳性麻痺から始まり、周りに聞こえるように、大きな声で、事情を説明。案の定、何人か見る。

「身体が、少し不自由なのかな?　とは、思ったけど、大変ねえ」と女性。

眼帯をすると、避けてくれる人も出て。

職場でも、事ある毎に、言ってきたのに、「初めて知った」と言う人、続出!?

前出の上司の面談で、「右目がほとんど視力が無く、左目が視野が無い事」プラス前述の事を言う。何回か言ってたんだけど、彼も初めて？　知ったらしい（笑）。「それって右側がこうで、左側がこうと言う事？」と手のゼスチャーで、正確に表現。想像力は、あるらしい。この数年、よく転ぶ。左足が不自由で、目の視力・視野に障害がある身に、行き帰りの暗さは、恐怖だ。部長の前でも派手に転んだ。

「通勤時間をずらしても良いんだよ」と前の上司が言ってくれた。今まで会社は、一部の特殊な部署しか、フレックスタイムを認めてなかった。「コロナ渦」で、時差通勤が可能になる。不幸中の幸い。しかし、「マスクの規制緩和」により、時差通勤もなくなる予定だったが、ルール改定で、時差通勤は、存続される事になった。この会社に勤務する以上、「フレックスタイム」なんて、出来ないと思っていた。会社の対応を評価したい。令和は、もっと身体・精神にハンディキャップがあっても、自分の希望する職種を選択するチャンスが広がる社会になる事を、切実に望む。

【完】

チャレンジ編

「自慢していた訳が、やっとわかったわ」

ある日、ママが納得顔で言った。それは、ハンディを持って初めての挑戦に成功した事についての言葉だった。

近所の幼馴染の女の子の二歳の弟君。男の子達も抱き上げる事の出来ない弟君をハンディのある、かなちゃんだけが、抱き上げる事が出来た。男の子達の名誉の為に言っとくが、彼が特別だった。角界からスカウトが来ても可笑しくないほど大きい。二歳にして、二十三キロもあったのだ。男の子達とほぼ同じ。抱き上げるなんて無理。

弟君の後ろから、ハグする形で、右手で左手首を離さないように握り、全身全霊を集中させて、持ち上げる。たまたま、弟君を抱き上げる機会があったママが言ったのが、冒頭のセリフだ。

ハンディを持って初めての達成、自慢だ。チャレンジ精神のルーツと言っても過言ではない。

近所の子達が乗っている自転車が羨ましく、ねだる。即、却下。乗れるはずがない、お金の無駄と思ったのだろう。

駄目だと言われると、益々欲しくなる。「買って買って買って～」の大合唱。この粘り、生まれ持ってのものか、ハンディを持ってからのものかは、定かではない。

根負けしたのか、宮崎で整骨院を営む父方の祖父の師範に相談する。「そんなに欲しがるなら買ってあげなさい」師範の鶴の一声。目出度くゲット。「グランパ、メルシー」師範の期待に応え？　補助輪を付けて、立派に乗りこなす。

小学校の高学年になると、その自転車も小さくなり、またおねだり。

今度は、大人用のママチャリ。これにも補助輪をつける。左手が不自由だから、ブレーキを左から右に換える。ママチャリに補助輪、カッコ悪い!!　十分に判っているが、「乗りたい!!」願望が勝る。

マンションの周りを、得意げに乗り回していると、片方の補助輪が、四十五度曲がってしまった。

当然、もう片方の補助輪だけで乗らなければならない。その内、その車輪が浮いてる気が。「乗れる気がする」と言って、補助輪を外してもらう。

「なんと言うことでしょう!!　補助輪がなくても乗れたではありませんか!?」

高学年になると、好きな男の子の一人や二人、いて当たり前。それが自然。ハンディがあっても同じ。好きになる基準は「優しい男の子」。同じ年でも、精神的に大人でいじめをしない子もいた。

好きな男の子にマフラーやセーターを編んでプレゼントするのが流行ってた。

身体的理由で、棒編みは、無理だと思い、かぎ針のマフラーに挑戦。

金（かね）のかぎ針だと口に銜えると危険なので、竹のかぎ針にする。

竹のかぎ針を口に銜えて編んでいると、段々竹が柔らかくなり、折れて短くなってしまう。当然、編めない。毛糸と一緒にかぎ針も数本購入する事になってしまう。

このように、口を使うから、インプラントになったのだろうか？　数年後、編み棒を使ってセーターを編めるようになった!!

号数によって太さが違い、色もカラフルなプラスチックの編み棒を購入。形から入るタイプ。

自分の場合、編み始めは、左手に力を入れないと編めない。不自由でも筋肉痛になる。編んだ段数を忘れない為に、一段編み終わるごとに押すと、数字が増える優れもののグッズも購入。

押すのを忘れ、何段目か判らなくなる。

結局、手動で一段ずつ数える。全然、優れてないじゃん。「馬鹿と鋏は使いよう」と誰かが囁く。

初歩的な基本は、友人に教える事が出来るようになった。

両親にセーターを編んで、一枚ずつプレゼント。父のは、縄編みを入れて、凝ったものにした。

安い毛糸を使用した為、次第に毛玉が増えて汚くなったのに、父は、二十年以上も着続けた。

「編み棒で編む姿が板に付いてきた」とママは褒めてくれた。未だに編めるのが、信じられないらしい。

マフラー、セーターと一緒に手作りクッキーもプレゼントするのが、トレンディ(当時この言葉は、なかったかと……)。

家には、クッキーの型などなく、野菜の型を代用する。クッキーの型より、かなり小さい。小さく焦げたクッキーの出来上がり。

クッキーを入れるお洒落なビンも購入し、可愛くラッピング。お義理で受け取ってもらえました。

余った毛糸と短くなった竹のかぎ針が、何処を探してもない!! プレゼントと一緒に入れてしまったと、推理する。

五年の冬休み、テレビを見ていると金髪に軍服（当時、軍服なんて言葉は知らない）を着た人が現れる!?

宝塚歌劇団が上演している「ベルサイユのばら」を放送していたのだ。「あの人は、女性だけど、男性の振りをして、生活しているの。それを女性が演じているの」と母が説明してくれた。知能指数が幼稚園で一番高かった幼稚園児でも判りません!?

宝塚が上演する「ベルサイユのばら」は大ヒット!!「ベルばら」現象で、空前のブームに。ニュースで何回も取り上げられ、ママでも知っていたのだろう。

女性だけの宝塚歌劇団との出会いだった。

金髪の軍人は、勿論オスカル様。雪組の「オスカル・アンドレ編」、星組の「フェルゼン編」に連れて行ってもらう。この二つのパンフレットは、今でも大切にじゃないけど、保管してある。

「ベルばら」の原作がマンガと知り、お小遣いの全てを叩いて購入。何万回も繰り返し読むので、セリフは、ほとんど覚えてしまった。

「宝塚歌劇団」に入りたいと口を滑らせたのが失敗だった。「宝塚は、容姿端麗でプロポーション抜群の女性が入団するの」と毒舌でママがしれっとほざいた。

それまで我が家では、マンガは禁止。マンガの社会的地位は低かった。フランス革命を題材にした「ベルサイユのばら」医療を扱う「ブラックジャック」など、マンガで知ったのに。「メルシー（ありがとう）」「シトワイヤン（市民）」のフランス語をベルばらで、「シャムの双生児」「水頭症」をブラックジャックで学んだ。

学んだといえば、二歳下の弟、セカンドとおもちゃ屋に行った時。彼が、「『PLAYBOY』ってどう言う意味？」と聞いてきた!? 普通、二歳上の姉に聞く？ 直近で読んだマンガで、意味は解らないが答えを知っていた。素直にそのまま「女たらし」と即答。近くにいた年配の男性店員、まじまじと私の顔をガン見。そりゃそうだ。この可憐な少女から、出る言葉じゃない。今日の彼の家での団らんは、この話題で持ち切りでしょう。断言!! 一冊購入したら最後、腰を振り振りご一緒に「どうにも止まらない!!」。

これが「マンガ部屋」のルーツだ。中学も「浮かないはみ出さない」の暗黒時代。

流行に乗る振りを演じる。女優の特技？ 生き抜くための防御策。

新御三家が人気だった。当時は、「私鉄沿線」の方が好きだった。高校になると、

「ヤングマン」の大ファンの影響で、彼が好きになる。ミニライブがデパートで開催され、大ファンの友人と見に行く。彼の新曲のシングルレコード（ＣＤはまだない）を購入、握手をしてもらう。レコードが、六百円から七百円になった時期。新曲は、「南十字星」。

中学三年の時、「金八先生」がブームに。たのきんトリオのマッチとよっちゃんと同じ年。パート2は、校内暴力を扱い、そこで、人気が出たのが不良の加藤君。中学の同級生で、大ファンがいて、高校でファンクラブに入り、イベントのバス旅行に行く。

行先は三浦海岸。補助席だったが、後ろの補助席には加藤君。カラオケタイムがあり、「贈る言葉」を歌ったら、加藤君も一緒に歌ってくれた。それに嫉妬した他のファン達が対抗して、「人として」を熱唱し始めた。

三浦海岸で、鬼ごっこをし、最後まで捕まらない組に。加藤君を含む鬼軍団が作戦会議をして、一人に一人鬼が捕まえる作戦らしい。加藤君に追いかけられ、海にドボン。足が。靴下とスニーカーがぐちょぐちょ。

新御三家に戻ろう。武道館で、彼のライブがあり、友人と見に行く。ゲストに芸能界での彼の母と呼ばれる女性が登場。海外ドラマで「ジェシカおばさんの事件簿」でジェシカの声を担当した女優さん。

このライブに来てくれたファンに最初に新曲を発表したいという、粋な計らい。こんな事をされちゃうと、ますます好きになっちゃうと思ったのに。

彼のステージはせり上がり、座席から彼は見えず、声だけがガンガンに鳴り響く。スモークの煙たさだけしか、共有出来なかった。新曲は、「二万光年の愛」。

その彼も今はいない。天に召されて、何年になるだろう。彼のおかげで、ハンディがあっても、十分に青春を謳歌出来た事を感謝したい。


脳性麻痺の他にもう一つ、ご褒美を貰う。それは喘息。ゼイゼイ、ヒュウヒュウと息が荒く、呼吸困難になり、咳が続く。なった事ある人にしか、理解出来ない世界だ。ハウスダスト、動物の毛、台風など、原因も十人十色。自分は、ハウスダスト、動物の毛、台風、全部じゃん。「お姉ちゃんのせいで動物が飼えない」と弟達に恨まれる。

台風に関しては、防御策がない。発作も朝型、夜型があり、かなちゃんは朝型タイプ。夜中位から息苦しくなり、咳が止まらなくなる。百メートルを全力で、一万往復するくらい苦しい。幼稚園の頃は、入院するほど、発作が酷かった。「喋るの止めなさい!!」ゼイゼイ、ヒュウーと息が出来ないのに、喋る娘に、ママが言う。「だって喋らないと、お口が疲れるんだもん」と答えたそうな。

「喋れるはずないんですけどねぇ?」と不思議がる看護婦さん。不謹慎だけど、「死んだほうがまし」と思ってしまう。明け方に発作が起きると、会社を休まなくてはならない。発作は、長時間続かないが、その後の疲労がとにかく酷い。台風が近づくと、天気予報に釘付けだ。喘息の薬、吸入の在庫確認をして、発作に備える。喘息のせいで、数か月先の予定が、たたない。

宝塚観劇にハマる。目が悪いから、一番前で観たい。宝塚が、いくら庶民に優しい低価格といっても一公演二回は、社会人一年生には厳しい。

前売券は、公演の半年前から販売される。当時我が家は、ダイヤル式の黒電話。ダイヤルに指を入れて、ジーコロ、ジーコロ、数字を回す。全部回し終わっても、話中で、繋がらず。六時間回し続けて、やっと繋がったと思ったら完売。ソールドアウト。発売が平日で仕事で電話出来ない時は、ママに頼む。スマホなんてない。そこは、目に入れても痛くないハンディがある可愛い娘。

「何時間も電話をかけて、腱鞘炎になったわ」と、目に入れて痛い娘に言った。

喘息で行けなくなった時は、ママにプレゼント。ママは観る時もあったが、キャンセル待ちをしていて、尚且つ、一人で来ている女性を探し、売る事もあったらしい。それはA席、女性には感謝されたが、周りの女性達から、羨望のため息が、数多く漏れたらしい。

自分も開場時間を待っていると、「一人で来ているの？」と声をかけられた事がある。派手な服装の関西風のマダムだった。「知らない人には付いていっちゃいけない」と教わったのに、そのマダムに誘われるまま、山の手線に乗って、池袋だったと思うが、高級ホテルで、フルコースをご馳走になってしまった。仕事の合間に、宝塚を観劇に来たと記憶している。ママにその話をすると、「悪い人じゃなくて本当に良かった」と呆れられる。

「この人、宝塚の人だぁ!!」とテレビの飲料水のCMを見て叫ぶ。正に月組の男役、それもトップスターだった。腱鞘炎になってもいい、あの方を観に行きたい。そして取れた三階の最後尾のC席。

あの方が大鷲に乗って、三階席の自分に、会いに来てくれた（思い込みは激しい方）。「カマラルザーマンさまーーーー♡」と手を振って叫んだのは、私です。

宝塚には、「歌劇」と「宝塚グラフ」という雑誌があり、公演情報・生徒（学校を卒業して団員になっても生徒と呼ぶ）が書くエッセイ、ファンの投稿欄などが盛り沢山。

両方契約したので、毎月二冊が届く。実家暮らしだからこそ、出来る事。

あの方のディナーショーに申し込む。二人分。流石に一人では行けない。「おかあさんと一緒」トップスターだけあってお値段もトップ。一人、三万二千円だったと思う。掛ける二。社会人二年生。十九歳。低給取りだ。

学生時代より洋服が増えたとはいえ、スーツでディナーショーは行けない。買いに行きましたドレスを。数着試着して、ママと店員さんに見せていると、次第に人が集まってきた!? トップ娘役と思ったらしい。

一週間悩みに悩み、グリーンのワンピースに、ロングスカートが付いたドレスを購入。ワンピースとしても、ワンピースの下にロングドレスとしても着られる。

ディナーショーで花束を購入したら、あの方に渡して握手出来る。ドレスで予算オーバー。泣く泣く、諦める。だって、五万円もしたんだよ。

しかし、神さまは、私をお見捨てにはならなかった。

マンションの隣人で、ママの友人の会社にあの方が来た。ママが用意した色紙とTシャツに私の名前、あの方のサイン。私が大ファンと知り、水面下で進めていたのだ。

友人は私の名前の漢字を、電話で確認してきた。その方は、次の仕事が詰まっているのに、待たされるはめに。事が済むと、あの方とマネージャーは、車に走っていった。あの方を走らせる、友人は只者ではない。色紙とTシャツをプレゼントされたのは、成人式の年。勿論、今でも家宝として、大切に保管してある。

あの方が誰かって?「そこに、愛はあるんか?」のおかみさんさ。

アラフォーの声を聞く頃には、喘息の発作も、ほとんど起こらなくなっていた。

そうすると、六か月先のチケットも無駄にならない事が増えた。


生活費にも少し余裕が出来、何かしたいと思い、通信教育で、大学に入学する。司法試験を受けようと無謀にも思ってしまった。その頃朝ドラで、弁護士ものをやっていて、影響された。通学より、学費が優しい。当時で、一か月五千円。一年で六万円。

教科書が一年分送られてくる。蕁麻疹が。

スクーリングがあり、夏期一週間。地方でも開催されていて、自分の都合に合わせて申し込む。

最初の一年は、家から通いました、片道二時間半。今、同じ時間かけて会社に通勤出来るのは、この時の賜物だと思う。

スクーリングに行くと、レポートを提出して単位を取るより単位が取りやすい。片道二時間半、往復五時間。それを五日間。通うだけで相当疲れる。二年目は、ホテルを取り、通学することに。通信教育は、現役学生ばかりでなく、社会で仕事しながらの人も多い。大学契約の宿泊施設では、スクーリングの学生しかおらず、ルールを作って生活していたようだ。

一週間同じ授業を取っていると、席も固定されてくる。顔見知りも出来、自己紹介する人も。

仲良くなった人で、七十代の女性もいた。在学中は、年賀状のやり取りもしていた。通信教育ではなく、通学する学生もいる。箱根駅伝で、いつもシード校に入っていた。在学中に往路優勝を果たし、記念コインが販売された。自分が入学したから、優勝出来たと、今も信じている。

学生時代は、劣等生、仕事の合間にレポートを書いて提出など出来ない。

仕事と両立している人は、通勤時間も勉強し、家でも四時間は勉強するらしい。通勤片道二時間半、家事もしなくちゃいけない。

次第に教科書すら読まなくなり、本棚の肥やしになっていく。

レポートを提出しないのに、毎年一年分の教科書は届く。志半ばで退学する。退学した途端、駅伝の順位は下がる一方で、やっぱり私が退学したからだと思う。法曹界は、優秀な人材を逃した。

次は、身体を使おうと思い、「ゴスペル」に挑む。「天使にラブソングを」の影響、単純な性格だ。

新参者には敷居が高い。それでも、月謝分は、続けようと思った。

そのサークルは、亡くなったゴスペルの女王と懇意にしていて、彼女がレッスンをしてくれる時もあった。

皆で受けていたのに、余りにも音痴だったのか、私だけ個人的に指導してもらう事が出来た。

音楽フェスティバルに参加する為に毎週、ハードな練習が続いた。

駅のロータリーに特設会場を設置し、フォークソング、和太鼓、参加チームのジャンルは、多彩だ。

ステージで着る衣装も誂え、練習の成果が見事、発揮された。拍手喝采。

やり切った感、ＭＡＸに。

九紫火星は、「熱し易く、冷め易い」

次に控えしは、西友、もとい声優。興味を持ったのは、アニメの「ベルサイユのばら」が原点だと思う。バイオニックジェミーの「ジェミー」、原作通りと評判が高かった今は亡き声優の「アンドレ」。現在、DVDを見ると、「あの声優さんも」「この声は、あの声優さん」、ビンゴ!! 会社で女性社員だけに配る情報誌にラジオたんぱ(現在ラジオNIKKEI)が声優志望者を募集していた。即、申し込む。木曜日の夜間、都内なので、仕事帰りに行けるのが嬉しい。セミナーのある日は、実家に泊まり、翌日仕事に。「親孝行? よく言うわ。子孝行の間違いでしょ」とママは呆れ父は喜ぶ。

ナレーションもやり、アニメ、「ベルサイユのばら」のジョルジュ将軍、「Dr・スランプ」の則巻千兵衛博士(以下博士)。彼はハンディの為か、色々気を使ってくれる。

「このセリフ読んで欲しいな」椅子から立ち上がる時、「大丈夫か?」などなど。

声優の勉強になるから、参考にしたら良いと「声に出して読みたい日本語」の本をカバンから出し、受講生の席を回り見せて歩く。「これあげる」と、その本を私の机に置いた。「えっー」「ウソー」嫉妬と羨望の嵐。視線が痛い。サインしてもらったその本は、今も我が家の家宝の地位に君臨している。ある講義の後、日曜日の夕方の国民的アニメの主人公の声優さんが、弟子の一人芝居の宣伝に訪れた。「ビフォーアフター」のナレーションのサザエさん。

信じられないけど、サザエさんと途中まで電車で帰る事に。「ハンディがあったら声優は、難しいかもね」と直球アドバイス。でも、全然ショックじゃなかった。自分の経験の引き出しを増やすのが目的だったから。

普通だったら、こんなアドバイスさえ言って貰えない。幸運だと思う。いつも着物を着ている女性の声優さんも講師の一人。「ハリーポッター」「シティハンター」「名探偵コナン」、洋画の吹替えでは、「名探偵ポワロ」など。彼女は受講生の名字に「ちゃん」を付ける。業界人!?

受講生は、「あい先生」と呼んでいた。

二十年以上経った今も、エンディングに彼女の名前を見つけると、「あい先生!!」と叫んでいる。

洋画は、映像を見てセリフを言う。見ながらシナリオを捲る作業が片手では難しいと、前の人がやっている時に、悟る。咄嗟に、セリフを言った紙を床に落としていった。ホッチキスで留めてなかったから出来た技。「カッコ良かったよ」と仲間達。

また別の洋画で、女性警察官の役がどうしてもやりたくて、それればかり練習。かいあって、見事、ゲット!!「呪文のように練習してたもんね」皆に冷やかされる。別の男性講師は、演劇界に顔が利き、新宿のグローブ座で行われた最終立稽古を見学させてくれた。

「ミス・サイゴン」のエンジニアと「ドクターX」の加地先生の二人芝居。エンジニアが、加地先生が、よだれが……。こんな幸運ある？　着ていったのは、「レ・ミゼラブル」のTシャツ。礼儀です。

入門も佳境に入り、一人ずつお気に入りのセリフを言う。

「私は貴族だった。今ここで、銃殺されても文句は言えない。しかし彼らは違う。皆さんと同じ第三身分の出だ。軍隊で給料をもらいながらも、この日を首を長くして待っていたのだ。彼らと共に戦って欲しい。その為に必要とあらば、私はここで撃たれよう」解る人には解るセリフ。

卒業作品は、「ラジオドラマにします」と発表がある。シナリオを渡され、役の発表がある。

録音する部屋には、マイクが三本。自分のセリフになったらマイクの前に進み、セリフを言う。録り直しもありつつ、無事完成。

この作品は、「初級入門者出演作品」として、ラジオで放送され、エンディングで受講生は、自分の名前を言う、粋な計らい。

受講生で親しくなった仲間が、親も泊まった事のない我が家に泊まりにきた。夜中の三時まで、声優について熱く語り合う。

彼女は受講生の中でも飛び抜けて上手い。声優になりたくて各事務所を受けまくっていた。

試験の課題で海外ドラマ「ＥＲ（救急救命室）」のシナリオの読み合わせを手伝って欲しいとお願いしてきた。レンタルで借りて自分も好きな作品。

臨場感たっぷりに相手する。「かな、流石に上手いわ」「かな」は、仲間から呼ばれているニックネーム。

サポートのおかげか？　彼女は、見事プロの声優になる。ウィキペディアにも載っているよ!!


そして、次にお眼鏡に適ったのは？　通勤で、ラジオの周波数をランダムに変えて聴いていると、ある番組が気に入って、毎朝通勤の相棒になる。

月曜から金曜の朝五時から九時まで。仕事の時は、最後まで聴けないが。

個性的な声で、ラジオでこんな事言って、大丈夫なの？　と、心配になる。

ラジオを聴く人を「リスナー」、喋る人を「DJ」と言う事を、この時、学んだ。

男性DJが「次は俺の曲です。今度ミニライブがあるからよろしく!!」と言った!?

この人、歌手だったの？　喋る声からは、想像出来ない良い声。良い曲だし。

好奇心に火が付いた。ホームページで確認すると同じ年！　喋り声から、ずっと年上だと思ってた。その人は小島さん。その頃、誕生日のリスナーのメールが読まれる事が多かった。

公共の電波から、自分のメールが流れる!!「快感!!」年齢ばればれ。

誕生日までの数か月、メールを送ろうか、誕生日当日まで迷う。駄目で、元々。開き直って「送信」をポチ。

「今日誕生日のかなちゃん、おめでとう」番組開始数分後、小島さんの言葉。《読まれたんだぁ》録音する事まで、頭が回らず、それは、残念ながら残ってない。

「かなちゃん」は、ラジオネーム。男性に「ちゃん」を付けて呼ばれたい!!　不純満載の動機で付けた。彼にメールを読んで欲しくて、番組中、五通も送った事も。

ショッピングセンターのイベントなど、小島さんは、千葉でライブを行う事が多い。

彼自身は、浅草出身だ。

仕事が休みの日曜日の開催が多い。身体にハンディがある身としては、土曜日が良いのだが………。

日曜日に外出しても、次の日仕事に行けるように、下見をする。電車で行く時は、「交通費」「電車の時刻」「多目的トイレ」の確認。

ショッピングモールでのミニライブは、観客の為の席が用意されている場合が多い。開店と同時に入店。傘などを置き、席をゲットする。ショッピングや食事で時間を潰す。

開始時刻が近くなると、スタッフが姿を現す。館内放送で、彼の曲が流れる。客席も埋まり始める。

ステージ横の衝立に、彼の後ろ姿を確認。ん？ 写真とちょっと違う!? ライブが終了すると、ＣＤやグッズを購入してくれた人達に、サイン・握手もしてくれる。一緒に写真を撮ってくれる事もある。

何回もライブに足を運ぶファンを、彼も覚えていて、「いつもありがとう」と声をかける。

「ラジオネーム、かなちゃんです」心臓バクバク。「いつもメールありがとう」彼は、覚えていてくれた。感激で、その後は足が地に着いていなかった。

ファンクラブにも入り、クラブ限定のライブにも行く。顔見知りも出来、会員限定のライブでも会うようになる。メール交換をして親しくなる。何回も通っていると、スタッフさんも覚えてくれる。

番組に送るメールで身体のハンディをカミングアウト。親しくなったファンにも。小島さんの人柄か、スタッフもファンも対等に接してくれ、さりげなくサポートしてくれる。

彼は、元文化放送のアナウンサーの照美さんのラジオのリスナーだったらしい。それでこの世界に。

照美さんと「ＹＫ型」というユニットを組む。並行して、ＹＫ型のライブにも行く。ＹＫ型は、照美さんのファンの方が多い感じ。自分の描いた絵画の個展もよく開催している。その個展が、実家近くのデパートで開催。行った日は照美さん不在日。でも、ＹＫ型で知り合った照美さんファンに会い、照美さんの息子さんを紹介してもらう。彼もバンドをやっていて、京都でライブをするというので、行っちゃいました。

小島さんの番組では、リスナーにプレゼントをしてくれる。「会社で年に一度のテストがあるんです」とメールしたら、合格するようにと、ハワイで買ってきたボールペンをくれる。彼はまだ知らない。テストが、パソコンで行われた事を。

他にも、「有楽町線の吊り革」「華道家の個展のチケット」など。

個展に行くと、華道家と有名人のツーショットの沢山の写真が迎えてくれた。金髪でTシャツのスタッフが働いていると思ったら、華道家ご本人!?「このお花なんか良いんじゃない?」と、ケースに入った薔薇一輪を手渡してくれる。値段を見て「ぎょ!?」彼が離れてから、そっと元の場所にお返ししました。

握手の誘惑に負け、サイン入りの一筆箋セットを購入。握手の列に並び自分の番になった時、会場で沢山もらったパンフレットを落としてしまう。「大丈夫よ」と、華道家が拾ってくれ袋に入れてくれた!? 良い人じゃん。

小島さんの奥さまも芸能人。人気女優の多い大手プロダクションに所属。釣り番組のMCをしていた。かおりんは、ライブの手伝いにもよく来る。

ライブ会場は狭く、テーブルがない事も多い。そんな時は、床に飲み物を置く。左手が不自由な身には、席に着くまでが一苦労。かおりんが席に着くまで、飲み物を持っていてくれる事もあった。

六本木ヒルズにあるロックスターのミニライブを観に行く。

一か月前の東北の大震災の寄付をし、Tシャツを購入。「かなちゃんでお願いします」と言ってサインをもらう。

「かなちゃんいらっしゃい」と抱き寄せられ、肩に手を置き、写真を一緒に撮ってもらう。

抱き寄せられたのに、写真週刊誌には、撮られなかった。

ロックスターは、「三匹のおっさん」のシゲさん。

小島さんが縁で、他のアーティストのライブにも行くようになった。あるライブが、自分の誕生日の時があった。私の為に、ケーキやプレゼントでお祝いしてくれる。ライブで誕生日の事を言ってくれてた。他のアーティストやファンの人達も口々に「おめでとう!!」を言ってくれて。凄く、素敵な思い出。かなちゃん、四十七ちゃい。

東北大震災のすぐ後に、小島さんは、チャリティーでCDを作成した。そのCDを三枚以上購入すれば、彼自ら車を運転し、配達するという番組企画。五枚、ご購入。

「来週の月曜日、小島さんが届けます」と土曜日の夜、番組スタッフから連絡。心の準備が……。日曜日、一日かけて大掃除。リビングの彼が座った所は、数年間、誰にも座らせなかった。

名古屋で、ライブをやった時、当時、ご主人の転勤で、名古屋に住んでいた元同じ会社のモックと再会がてら、小島さんのライブに行く。

モックは、実家のある船橋に住んでいた事もあり、ご主人とお嬢さんも一緒に近くのショッピングモールのイベントにも行った事がある。

また、一人暮らし二年目の時、マンションにも遊びに来てくれた。

一番のファン仲間が、お兄ちゃんと姉御ご夫婦だ。

遠方のライブの時など、「かなちゃん、車で迎えに行くよ」と言って、ワゴン車で迎えに来てくれる。彼の仕事は、トラックドライバー。

あるライブで、お城を観に行く。障害者割引効果で、ご夫婦も無料。写真屋さんに捕まり、記念写真をパチリ。「お父さん、もう少し、こっちに寄って下さい」と写真屋さん。年下のお兄ちゃんを私のお父さんと勘違い。勿論、お兄ちゃんは、不機嫌顔。

岡山のライブでは、他のファン二人も一緒にお兄ちゃん運転のワゴンで、四泊五日のプチ旅行。途中、伊勢神宮にも寄る。第六十二回神宮式遷宮の年で、凄く幸運だった。人生の幸運を使い果たしたか？　小島さんが岡山のラジオに出演するので、車の中で、皆で応援メッセージを送る。全員のメールが読まれた!!

お兄ちゃんご夫婦とは、ライブ以外でも「横浜中華街」に車で遊びに行く。本当の家族よりも大切な人達だ。

亡くなったヤングマンの情報を検索中、フィンガー5のトンボメガネ、晃君との接点を発見。

全盛期に、実家近くのデパートにも来た事がある。両親が見に行き、豆粒位に、見えたらしい。こりゃ、ライブに行くっきゃない。

ライブでは、その月が誕生日のファンをお祝いしてくれる。心憎い演出。数人いる時は、ジャンケンで勝ち抜いた人だけに。その人の名前を入れて、ハッピーバースデーを歌ってくれるのだ。そして彼のオリジナルのシャンパンのボトルに白いマジックでメッセージを書いてくれる。

来月は、誕生日。勿論行きました。でもジャンケン弱いし。不安で、（無い）胸が潰れそう。結果は、誕生日が自分一人。闘いもせず、歌とボトルをゲット。ライブ二回目にして、凄くラッキー!!

やり尽くした感、ＭＡＸ。

ゴスペル・声優・追っかけ？　と色んなジャンルに挑戦して思った事、「一流の人間、一流に向かって自分を磨いている人間」は、障害を理解しようとしてくれる人が多いと言う事。

地方ライブを皮切りに、旅行熱にも火が付いた。

都道府県全制覇を実現したくなる。とは言え、薄給の身。障害者割引を利用する事にする。

二十代の頃は、障害を自らアピールしているようで、絶対に利用しないと思っていた。

しかし、現実は、ハンディのない人に比べて昇給しない、役職が付かない、ないない尽くし。

障害者割引を利用すれば、質素な旅行は、出来る（「質素だった事、あった?」と、ママの声が……）。

それに利用しないと制度自体が、なくなるかもしれないと思い、考えを改める。

「脳性麻痺で左半身まひ」でも等級は、五級、下から三番目に軽い。よって飛行機の割引はない。特急券の割引もない。在来線で、百キロ以上だと乗車券が半額になる。

最近、タクシーで、その大事な手帳を紛失したらしい。タクシーに乗ったら、「必ず領収書を貰う」と誓った瞬間。

主に、金沢・下関・神戸・米沢。コロナ前の北海道は、札幌と旭川が最後。

東京から米沢まで、八時間掛けて片道二千七百円で行った。帰りは、流石に疲れ、グリーン車に。それでも乗車券が半額で、お財布に優しかった。それまでの旅行と言えば、馬鹿正直に大きな旅行カバンを持ち歩いた。仕事帰りに直行する時は、朝、東京駅に寄り、ホーム近くのコインロッカーに、預けて出社。家から、羽田空港に行く時も重たい思いをして、持ち歩いた。最近では、体型が駄目なら、せめて行動だけは、スマートにしようと、宅配便で、ボストンバッグをホテルに送る事に。また、羽田空港近くの系列ホテルに宿泊、負担になる労力の軽減に努めている。極力、荷物は少なくする。シャンプーは、ホテルの備え付けの物を使用。「家で愛用している物」を持ってくる人もいるが、かなちゃんは、拘らない。薄給の身では、ホテル備え付けのシャンプーの方が高級だと思うし。系列のホテルの会員は、半年前から予約可能だ。ほとんどの県の駅近くにある。

ホテル近くにコンビニがない所もあるので、朝食無料は、嬉しい。

近年、このホテルも外国人観光客が多い。和食・洋食、中華、飲み物も数種類あり、お代わり自由。同じメニューで外食すると、千円以上かかるかも。

朝食代を、観光に回せる。系列ホテルは、全国同じ間取りの所が多い。だから安心。

地方を旅行する時は、近郊と違い、「下見」は、流石に出来ない。

観光名所を、バスが巡回する所が多い。

大きな都市だと十五分に一本と、次のバスがすぐに来るので、時間を気にする必要がない。

上杉鷹山で有名な米沢に行った時は、「右回り」「左回り」が各一時間に一本で、スケジュールの調整に苦労した。

ちょっとの差でバスに乗れず、次のバスまで、博物館を堪能。

巡回バスも「障害者割引」が使える所が多い。利用可能か、確認する為、バス会社に電話する。五分なら通話は無料だが、保留メロディーが流れ五分以上になる事も。

「まっ、これも旅行代金のうち」と納得させる。切り替えは、マッハで速い。

旅行では大盤振る舞い、スターバックスのコーヒー解禁。

この手のコーヒーショップは、セルフサービスが多く、自分でコーヒーの載った重いトレーを席まで運ぶ。

片手では、流石に……。

「大変、図々しいお願いなんですが」「大丈夫です。席までお持ちいたします」と言い終わらないうちに神対応の女性店員さん。

会計で支払う時に、ハンディの事が解るらしい。「どちらに、お座りになりますか?」持ってきてくれたのは、イケメン男性店員さん。胸キュン。

トキメキ心、健在!!

旅行の回数が増える度、気を遣ってくれる店員さんが増えてきた、と感じる。店の教育もあると思うが、それだけではないと思う。

最近、少しでも存在を広めようと、旅行カバンに「ヘルプマーク」を付けて行く。札幌で、時計台に行く為、地下鉄の表示を目を凝らして見ていると、「何処にいかれるんですか?」と声を掛けられる。振り向くと、気品のある年配女性。道順を丁寧に教えてくれ、エスカレータを昇るまで付いて来てくれた。知らない土地での優しさに胸キュン。

どの旅でも、事情を話してお願いすれば、大抵の人は、手を貸してくれる。貸してもらったら、最上級のお礼を忘れずに。

見ず知らずの人に声を掛けるのは勇気のいる事だけど、手を貸してもらって、負担が少しでも軽くなり楽しい思い出になれば、勇気を出したもん勝ち。私だって、喋るのが苦手だから、凄く勇気がいるんだよ（笑）。

四年ぶりに、旅行を再開。再開第一号の栄誉ある県は、鳥取県。詳細は、いずれまた。次の旅行は、自分の「本」を持って全国制覇出来たら、と妄想するばかり。

【完】

一人暮らし編

「声の宅配便で~す」ママから、定期的な電話。初めて、一人暮らしをはじめた愛娘がホームシックにかからないように、引っ越し翌日から毎日電話してくれるのだ。ホームシックは、三日だけ。

最初は、夢みたいな事をと思っていたママだが、頭金の額を知って、本気だと思ったのか、生前贈与で、応援してくれた。反対に父は、暫く口を利いてくれなかった。可愛い、可愛い愛娘だから、仕方ない。

十八歳から、一人暮らし願望が強かった。当時、空気を読めなかったかなちゃんは、素直にママに思いを話した。「家事もろくに出来ないのに。何、馬鹿な事を」と呆れられた。

「やめろと言われても今では遅すぎた♪」反骨精神は凄い。「燃えろ、かなちゃん!」言われた事と反対の事をしたがる、天邪鬼。

新聞に一緒に入ってる、住宅情報のチラシを読みまくり。モデルルーム見学二回目のマンションに運命を感じ契約する。

駅から徒歩十五分、実家の、駅からバスで十五分に比べたら、天国だ。この時、男性の足で徒歩十五分とは、知る由もない。近くにファミレス、生協、図書館、知的刺激も付いて、賃貸でも住みたい街だと、ああ勘違い。

間取りは、3LDK。洋室七畳・約五畳、和室六畳と約九畳のリビングダイニングキッチン。オートロック。浴室乾燥。実家にはない「追炊き」機能があるバスも嬉しかった。実家では、ママが入浴剤が嫌いで、入れる事が出来なかった。一人暮らしを夢見て、買い集めていた入浴剤をバンバン入れる。

入居したのは、八月六日。広島に原爆が投下された日。そして、曾祖母の命日、義理の妹の誕生日、と記念日尽くし。

翌日の月曜日は、お疲れ休みで、休暇を取った。一人暮らしの夢が叶った感動に、浸ろうと思ったが、早くも崩れる。トイレが詰まったのだ。

詰まりを解消する「スッポン」は、まだ購入していなかった。管理人室に駆け込む。管理人さんとは、カーテンを取り付ける時に会って挨拶は、済ませていた。

マンションの二倍の抽選に当選し、壁紙・カーテン・表札など、オプションを選ぶ日があった。その時、選んだカーテンを取り付ける為、入居前にマンションに来たのだ。

管理人さんは、「スッポン」持参で、駆け付けてくれた。水が廊下にまで溢れ、管理人さんの靴下は、びしょびしょ（泣く）。

管理人さんごめんなさい。

後日、お礼と供に、靴下を弁償。一人暮らし若葉マークは、意地もあり、完璧を目指していた。

仕事から帰ってすぐに、食事を作り、洗濯物を畳む。お風呂に入り、洗い物もその日のうちに。疲れもＭＡＸに。

三十年近く経った現在は、休日に一週間分の食事をまとめて作る。両手で卵を割る人が多いが、左手を使えないかなちゃんは、一流のシェフのように、右手だけで割る。金曜日仕事から帰ってから天気予報を確認し、晴れたら洗濯、外に干す。日光に当てる派。仕事がある平日は眼鏡を外して、汚れを見ない。休日に眼鏡をクリーニングし、オスカル様譲りの大きな瞳で、掃除機をかける。経験に勝るものはなし。

マンションは同世代のファミリーが多い。女性の一人暮らしも何人かいる。でも身体にハンディがあるのは、当時私だけだったと思う。若く、ハンディがあるのに一人暮らし。しかもフレンドリーで美人と、噂に（個人的妄想）。

管理組合の総会等は、出来る限り参加。役員は、ハンディは関係なく、順番で回ってくる。おかげで、知り合いも増えた。スープの冷めない距離にいる、頼りになるご近所様。

役員のトップの成り手が決まらないのは何処も同じ。夜の十一時近くなっても理事長が決まらない。朝型人間の身には、辛い。

「皆さんが、協力してくれるのであれば、理事長を引き受けます」眠気に負けた。前兆は、高校の時の生徒会立候補事件の時にすでにあったのかも。

理事長の任期中に、先送りになっていた「管理組合費」の値上げを実行する重要案件があった。入居二年目で値上がりして、懐が崩壊したのに。今度は、自己破産か？

居住者に管理費二案のアンケートを取るのに最終決議。自分にとって、一つは高過ぎ、もう一つは安過ぎ。ここまでの金額だったらなんとかやり繰り出来る金額を提示し、三つの案でアンケートを取った。結果、自分の案の希望が多く、その管理費でいく事に。この案件の為に、理事長になる運命だったのだ。

マンションにも知り合いも増え、ハンディの事を思って「いつでも、旦那を貸すから」「息子を行かせるから」と言ってくれる。

まだ、借りた事はない。

確かに洗濯物を右手だけで、干すのには、時間がかかる。右手で、洗濯物を持ち、右手で洗濯バサミで留めるのだ。想像出来る？

現在はコードレスの掃除機だが、コードのある掃除機を使用していた時は、首にホースを蛇のように巻き、掃除機を持って各部屋に移動していた。

缶切りは、缶詰を片方の手で、押さえなくてはならず、使えない。缶切りを使わずに、開けるのもあるが、それも両手が必要。口で開けたから、インプラントになったのだろうか？　机・カラーBOXの移動も中身を出し、自分で行う。

電球の交換は、出来る所もあるし、出来ない所もある。父が存命の時は、交換に来てもらった。近所の人は、声を掛けてと言ってくれるが、生活時間帯が違うから、申し訳なくて。安易に頼めない。

それも数年前に解決した。管理組合が、一か月に一回、三十分以内の作業なら、無料でやってくれる業者と契約したのだ。「電球交換」「扉の金具を締める」等々。

十数年前、ダブルベッドを設置する為部屋の模様替えをした時から利用している、「便利屋さん」のポストのチラシは、胡散臭いので利用しない。その「便利屋さん」は、マンションの契約している業者関係の所なので、信用出来るかなと。

「本棚の移動」「家具の処分」「障子の張り替え」等。言葉は悪いけど、料金を払ってプロに任せた方が、良い時もある。

ある程度の金額だと割引券が使用出来る。次回も使用出来るように、割引券を戻してくれる人もいる。

頻繁に依頼していると、ハンディがある事も解るようで、「何か、やる事はないですか？」と清算が終了後に、聞いてくれる事も。


エコバッグに商品を入れる際、滑って商品が入れられない時がある。

最近は、清算時に、手が不自由な事を言って、入れてもらう。社員教育の成果か、若い店員さんでも快く、詰めてくれる。

「自分も手を骨折した事があって、その大変さ、解るわ」と理解してくれる、年配女性店員。

キッチンで使用する予定を書き込めるカレンダーを購入の際、カレンダーが右手で取れず、横にいた顧客の女性に理由を話し、取ってもらう。こういう事が、自然に出来る年齢になったんだねぇ。

ゴミ袋は、口を使って縛る。段ボールは解体し、紐で結わくか、ガムテープで巻いて出す。かなちゃんは、ガムテープ派。

宅配便は「高級なガムテープ」、捨てる段ボールは「安いガムテープ」と、拘る。

ただ、困るのは瓶の蓋を開ける時。固くて開かない時は、布巾を巻いて開けたり、湯煎をして、大抵自分で出来る。だが、抵抗する不埒な蓋がたまに、いる。

「今日は、宅急便が来る!!」

「仕事じゃないのは、重々承知しているのですが、図々しいお願いがありまして」配達員は、「危険な物を運ばされるのでは?」と身構え、後ずさり。

「左手が、少し不自由なので、これを開けてもらえないでしょうか?」と、瓶を出す。

「良いですよ」と、拍子抜けした彼は、笑いながら開けてくれた。

ここで重要な事は、若い男性配達員に、「お願い」する事。年配の男性配達員だと、加齢の為、開けられず、恥をかかせるかもしれないからだ。気配り、かなちゃん。

レンタルビデオ店で、マンガをまとめて借りた時、エコバッグに入れようと悪戦苦闘。

「入れますよ。順番は、バラバラになっちゃうけど」そう言って入れてくれたのは、金髪、派手なジャンパーを着て、ピアスを開けた体格の良い男性!? 人を見かけで、判断するな!!

「見かけで判断」は他にもある。電車で座っていると、前に立った男性が網棚に荷物を上げた時に、傘が当たる。「すみません」と彼。荷物を上げる時に、彼の服が捲れ、タトゥーをばっちり施したお身体が……。

黒いサングラスも、ちょっと強面のかんばせ。人生色々。フレンドリーな性格のおかげか？


管理人さんとも交流がある。今の管理人さんは、三代目。困った時の管理人頼み。良い人達に巡り合えたと、一言では終われない。

隣に住む「マドンナ」なくしては、「今の自分はない」と言っても過言ではない。

入居当時、隣は結婚前のご主人が、一人で住んでいた。挨拶をする程度のお付き合い。

数年後、「マドンナ」と結婚。ご主人と一緒に「結婚」の挨拶に来てくれた。

仕事帰り、マドンナとバスが一緒になる。彼女から声を掛けてくれる。と、思ったが、「かなちゃんから、かけてくれたんだよ」とマドンナ。記憶力も地に落ちた。

マドンナとは、下の名前でお互い「ちゃん」付けで呼び合う仲。当時、通っている病院も一緒で、話題が合った。

「お茶」「ランチ」に行ったり、来たり。小島さんのライブに着る「衣装!?」を見てもらい、「胸、開きすぎじゃない?」。

「何かあったら、言うんだよ」といつも気にしてくれる。

年下だけど、「姉」であり「母親」のような、頼りがいのあるマドンナ。おかげで、一人でも安心して、生活してこれた。感謝しかない。「マドンナ、老後もよろしく」(笑)。

そしてもう一人、マドンナの実のご母堂、「マドンナママン」。

最初は、マドンナの家に来た時に、ご挨拶程度の関係だった。ある時、マドンナが体調を崩し、洗濯物をママンがベランダに干していた。

同時刻、かなちゃんもベランダに。

ママンとベランダで、お喋りに花が咲く。

長い時間戻ってこない、ママンを心配してベランダに様子を見に来たマドンナ。二人のお喋りに夢中な姿を見て、呆れたとか。

ママンが、マドンナの家に来てる時、息子君の友達が数人遊びに来ていて、騒がしくしていた時があったらしい。

「かなちゃんが、一番、私の事を解ってくれるから、隣に行く」と言い張るママンを「お伺いの電話をしてから」と、マドンナは、押しとどめたらしい。

ママンが、「一番解る」と言ったのは、目の事。ママンも視野が狭く、外出する時は、緊張が絶えない。

だから、視野が狭い者同士、話が合う。

マドンナの留守中に、ママンに誘われ、ママンの手料理をお昼にご馳走になる。

「ただいま～」とマドンナの声が玄関から聞こえると、ママンはお出迎えし、「珍しいお客さまが、来ているのよ」と、お茶目に笑う。

「お帰りなさい」と、私がお出迎え。マドンナが驚く。

「かなちゃん、今から行っても良い？」ママンから、連絡。数時間お喋りした事も。

マドンナ、ママン、息子君と一緒に、近くのファミレスに食事に行った時、誕生日が近い事を知ったママンは、「じゃ今日は、かなちゃんにご馳走しちゃう」と奢ってくれた。

「えっ？　携帯に掛けてたとばかり思ってた」と、ママン。

「もしもし、誰だか解る？」と固定電話に掛けてきた時の事。最近は、勧誘電話も多く、固定電話は、メッセージを聴いて出るようしている。

携帯番号は以前に教えてたはずだが、もう一度、教える。

鳥取旅行から帰ってきた翌日、早速、ママンから電話。

「ママン、また固定電話だよ（笑）」「そうなのよ、この前、教えてもらった番号にかけたんだけど、呼出し音は鳴るのに出ないから、こっちに掛けたのよ。娘（同居しているマドンナの妹さま）に「かなちゃん携帯」で、登録してもらったのに、変よね」

試しに、ママンの携帯に掛けたら繋がった。

この前、ママンに電話したら、「娘に登録してもらった番号が間違ってたみたい。知らない人から電話があったのよ」

四年ぶりに再開した、「鳥取旅行」ママンに行く事を話していたから、電話をくれたのだ。

「かなちゃん、本当に凄いわ。偉いわ。頑張ってるわ」と、いつもママンは、褒めてくれる。ママン、これからも、どんどん褒めてね。よろぴく（笑）。

限られた薄給でのやり繰りは、知恵が必要だ。毎月払う「住宅ローン＆管理費」など固定費を取り除き、光熱費など予算内で収まった残りの金額が、自分のお小使い。半額シールもお小遣いに含め、千円になったら、翌月に銀行から引き出す。

残金なので、毎月お小遣いの金額は違う。

最近、マンションの隣にあったゴルフ練習場が、ドラッグストアになった。現金のみだが、安い。税込価格で表示されているので、計算し易い。

処方箋も受け付けていて、便利だ。

病院で処方箋の写真を撮り、アプリを使って送ると、到着時に受け取れる。ほぼ毎日、通っている。そこを通らないと家に帰れない。

顔見知りの店員も何人かいて、最近では、「いらっしゃいませ」の代わりに、「いつもありがとうございます」と言われる。

名前を知っている店員は、止めてと言うのに、名字に「さま」を付けて、「お帰りなさいませ」と言ってくれる。

「何とかの、何とか喫茶みたいだねぇ」とママ。秋葉原の「メイド喫茶」までは、覚えられなかったらしい。

同じマンションの友人もパートで働いていて、勤務が終わり、一度家に帰り、買物に来る。

買物をしていると、彼女が声を掛けてくれた。「この餃子、ちょっと高いけど、ボリュームがあって美味しいよ」彼女に勧められるがまま、カゴが埋まる。この時、レジをしてくれたのは、秋葉原のメイドさん。「このビスケットお勧めなんですよ」「彼女も勧めてくれたの」と友人を見る。「勧め過ぎて申し訳ない」と、彼女は、商品をせっせと、エコバッグに入れ、帰る時も持ってくれた。

彼女もさりげなくサポートしてくれる、頼りがいのある大切な友人である。これで老後は安泰と、胸を撫でおろす、かなちゃん。やってもらった事には、最上級の言葉でお礼を言う。

ハンディを持っている人の中には、自分はハンディを持って、「大変」「可哀そう」なんだから、やってもらって当たり前。と考え「お礼」も言わない人もいる。縁も所縁もない赤の他人が、自分の貴重な時間を割いてくれたのだ。その人も、何処か不自由な所があったかもしれない。「どうもありがとうございました」と最上級の日本語で、お礼を言うべきだと思う。

「お礼」を言うかどうかで、一人暮らしの質も違ってくる。

最後に控えしは、一人暮らしを支えてくれる、複数の頼りになるブレーンの面々。

整体の治療で使用する針の診断書を、貰いに通っていた内科。人生初の女性の医師。喘息などの薬を処方でも通うようになる。土曜日の午後は、休養したい。朝八時半頃には、着くように心がける。その頃には、受付の女性、ミクちゃんも出勤してくる。年齢も近く、話が合う。

旅行やライブ、ハンディなど、話題は、多方面に亘る。専用のアプリで、処方箋の写真を片手でスマホの写真を撮るのは、ブレて上手く出来ない事が多い。「写真がぶれて、見えません」「写ってない箇所があるので、送り直して下さい」と、無情な返信が来る。

そこに、救世主、ミクちゃん登場。「アナログ人間だから」と言いながらも、処方箋を「パチリ」メルシー、ミクちゃん。

内科のガラシャ先生は、いつも「明るい」と言って褒めてくれる。診察時間のほとんどが、近況報告。

会社、ライブ、旅行、と話は無限大。カルテに本日書かれていた事は？「某月某日鳥取。『名探偵コナン』」かなちゃんのスケジュールである。

「白い歯って良いな」というコマーシャルが昔、あった。歯医者は一番医療費が高く、あまりお世話になりたくはないが、そうもいかず、頻繁に通う。

以前通っていた歯医者は、診察台にテレビが設置され、設備は良かったが、治療に不信感を覚え、治療途中で逃亡。

情報を収集し、実家近くの駅に直結している歯医者を発見。何気なく、プロフィールを見ると、学年は違うが、同じ小学校、中学校の出身の先生だった。

「小学校近くの文房具店」「中学校の上履きの色」など、診察前、昔話に花が咲く。中学の上履きは、学年ごとに赤・青・黄色（信号か？）と色が違う。かなちゃんは青。

この数年、「セラミック三本」「インプラント一本」の金額をランナー先生に貢いでいる。中でも、「インプラント一本」で、「セラミックが六本」は出来る。

でも、ランナー先生は、質問に丁寧に答えてくれるし、治療も上手だ。アシスタントの女性達も優しい。親しくしてもらい、楽しいひと時。歯医者で？　と言うなかれ。

「笑っちゃいけないけど」と言いつつ、笑い転げるご主人。本を出版する事をやっとカミングアウト。この美容院の事を語らなければ、味気ない自叙伝になる、断言!!

一人暮らし後も、実家近くにある美容院に通う。三十年以上。お互い、二十代だった。彼の方が、四歳も年上だからね。

ご主人の第一印象は、「髪が多くて、硬そう」だそうだ。その頃はショートで、カットのみ。付き合いが長くなるにつれ、染める。まさか、こんな日が来るとは、夢にも思わなかった。

九十九歳まで生きたモナカは、七十歳を過ぎるまで髪を染める事なく、漆黒の髪だった。

孫で一番髪質が似ていると、言われていたかなちゃん。当然、七十過ぎまで染める事などないと思っていた。しかし、そうは問屋は卸してくれなかった。

長閑な宮崎で暮らす、モナカ。かたや、理解のない社会と戦う日々の、かなちゃん。ストレスの度合いが違う。ストレスが、憎い。

美容院に行く時は、概ね土曜日。前日、実家に泊まり、体調を整える。ママ孝行も出来、一石二鳥。

ママのご友人達は、「かなちゃん、親孝行ね」と称賛してくれる。なのに、「リクエスト通り、夕飯を用意させて、何が、親孝行よ」とママは、手厳しい。

「昨日、実家に泊まったの？」ご主人の決まり文句。一番で行くと、いつもご主人が担当。奥さまには、この数年やってもらってない。でもたまに、誰もお客がいない時、ご夫婦と、三人でおしゃべりタイム。終わるまで自分一人の時があり、会計が終了しても、三十分近く喋っていた事も。

この美容院には、ママも通っていて、「昨日、お母さんが来たよ」と教えてくれる。

何で、ご主人が笑い転げてたかって？

「講演に来ていく洋服代が、かかる」「サインの練習しなくちゃ」「講演旅行で、全国制覇が、達成出来るかも」「ノーベル文学賞を受賞したら、英語でスピーチしなきゃいけないんだよね？」

本を出版するにあたって、かなちゃんの心配事を聞いたから。

これからも、アグリさんで、よろしく！


「お星様が見える方、上を向いて。幼稚園の娘に説明する時、言う言葉だよ」とハム先生。

身体を調整中、「次、うつ伏せになって」とハム先生が指示した時、「うつ伏せって、上？　下？」と聞いたから。ハム先生が言ったのが、冒頭のセリフ。

ＩＱが高いのに、昔から「うつ伏せ」「仰向け」が、どっちか覚えられない。

ハム先生は、整体の先生。以前は、地元の駅の近くのグループの整骨院の院長だった。

数年前、交通費の掛かる駅で、独立したのだ。

交通費を使ってまで通うのは、マッサージの相性が抜群だから。この十数年、マッサージの上手な先生を求めて、整骨院を何軒、梯子したことか？

成りたてで、マッサージの下手な人に当たった日にゃ、ストレス溜まりまくり。「金返せ!!」とお下品な言葉は、使わないが。

「ハム先生、いつものエルボーよろしく」エルボーとは、右手を酷使しまくるので、親指の下の肉厚がよく痛くなる。

ハム先生の肘で、押してもらうと楽になるのだ。

ハム先生のサーフィン仲間に、ボード先生がいる。前の整体の先生。彼のマッサージも相性が良い。

「やっぱり、避けますよね？」とボード先生。

うつ伏せで、マッサージの時、無意識に右足をブンブン振り回しているらしい。ボード先生もハム先生も俊敏に避けていたようだ。

「リコさん動かさないように見張ってて」と、この前はリコ先生に言っていた。ハム先生の奥さまだ。

なんと人生初のエステ。勿論、やってくれるのは、リコ先生。「アロマオイル」凄く気持ち良いの。

美人だし、優しいし、女？　のかなちゃんもほれぼれ。

「今、千葉テレビで『ルパン三世』のパート2を再放送していて懐かしくて見てるの」「わかります、やっぱり2ですよね」とリコ先生。「一九八九年から、年に一回、ルパン三世のスペシャルが楽しみで、第一作目の作品、アマゾンで購入しちゃった。スペシャルのDVDBOXが十万円近くして、諦めてたんだけど、三千円以内で販売されてたから、購入。午前八時に注文して、その日の午後八時には、配達されちゃった」

「良かったですか？」「それが、英語じゃない外国語のパッケージで……。イタリア語版だった。飾ってるだけ～」「面白すぎます」リコ先生は、笑い転げる。笑い上戸だったようだ。

此処何十年と、スニーカー人生だが、紐が結べないので、結んでから履いていた。外出先で、紐が解けたら、悲惨。優しそうで親切そうな人、経験上年配のマダムが好ましい。

事情を話し、結んでもらう。大抵の人は同情して、結んでくれる。人見知りのかなちゃんは、辛い。

　しかしそれも、ハム先生のお陰で、無事？　解決。

「バック・トゥ・ザ・フューチャー」から、三十数年。ボタンを押すと締まり、緩むスニーカーが出来た。それは、「リーボック」。一足、何万円もする。薄給の身には辛いが、「足は、第二の心臓」通勤用は、四足。一万五千円以内なり。プライベートには、現在四足。二万円以内。

　優秀なブレーン達のお陰で、千歳まで生きる自信が付いてきた。

「良く頑張りましたね」と銀行員。「はい、自分を褒めてあげます」と笑顔で、答える。住宅ローンの固定金利期間の更新に行った時の会話だ。行員は、毎月の給料の金額を知る事も出来るはずだし。

「この金額で、返済するなんて？」驚いての言葉だったと思う。誰だって思うだろう。

　この年収でも頭金を多くすれば、購入出来る。ローンを滞納せず返済してきた自分は、偉い。

　ローン返済のタスキを、ゴールで待っているのは、シビアな老朽化。


【完】

大和撫子返上編

可能性のある子と言う意味を込めて、付けられた名前。

「結婚で、名字が変わる事を、忘れてたのよね」と、お気楽なママ。

「可能性のある子」どころか、「可能性のあり過ぎる子」に立派に育った。

ハンディのある身で、色んな事にチャレンジすると、大抵、先駆者になれる。一番が、大好き。

そんな先駆者が、令和になっても、世間の無理解に心折れる事が多々ある。

駅のエスカレータ。「右側は、急ぐ人が上がり、左は急がない人が立ち止まる」と言う暗黙のルール。しかし、左手が不自由の身では、右側に立つのがベスト。

「関西に住むしかないね」と言われる。と言うのは関西では、「右側が立ち止まり、左側は歩く人」関東と逆。通勤ラッシュで、右側に立ち止まろうものなら、後ろから来た男性に「チッ」と舌打ちされる。

平成以前は、舌打ちだけでは、済まされなかった。

東京駅の気の遠くなるほど長いエスカレータで、安全の為、右側に摑まって立っていると、左側を歩かざるをえなくなった人達が、全員、非難の視線で睨む。

この時代、大和撫子で売っていたので、反撃する術をしらない。心折れ折れ。


エスカレータを歩いている人は、ベルトに摑まりもせず、歩く。年配の男性しかり。キャリーケースを持っているのに、大きな硬いカバンに無頓着で、右側に限らず、左側に立つ人にも容赦なくぶつける。

以前、下りのエスカレータで、右側に立っていたら、男性がぶつかりながら、下りて行った!?　左側は空いているから、ぶつかるはずないのに。いつの間にか、横に男性が並んで立っていた。かなちゃんは、その男性の好みだったらしい。

それでも、並んでいるのを割ってまで、下りるなんて。これが小さい子と並んで立っているお母さんだったらと思うと、背筋が寒くなる。

令和では、通勤ラッシュでも勇気を出して、右側に立つようにしている。

身体的理由で、右側にしか立てない人に対して、「エレベータを利用して欲しい」とネットニュースのコメントを目にする。

エレベータは、改札から離れた場所に設置されている所が多い。歩くのが不自由だと、エレベータから改札口までの距離は辛い。

通勤で利用する駅は、先頭の車両が一番改札に近い。一つ前の駅に着くと、改札に早く向かう人達が、ドア前に並び始める。

最初に降りて、右側のエスカレータに立つ為、更に四つ前の駅からドアに並ぶ。毎日同じ電車だと、顔ぶれも固定されてくる。

リュックに「ヘルプマーク」を付けていれば、知識人なら理解してくれる。

電車では、右手だけで、眼鏡をケースに入れたり、出したり。口で、飴を開けたり。女優に成りきり、パフォーマンス。

かいあって？　ほとんどの人が、左側を歩いてくれる。

都心では、心の中で「チッ」と思っていても、口には出さない。これが帰りだと、そうはいかない。

「お姉さん、左側に寄って」「右側は歩く人専用だから、迷惑になるから、左側に寄りなさい」と、背は低いのに上から目線。十六歳にしか見えないけど、戸籍上は、こっちが上かも？　不思議な事に、男性にはほとんど言われない。

「ヘルプマーク」が浸透していないのか？

都心の地下鉄に、「エスカレータでは、立ち止まりましょう」のポスターが目立たないところに、申し訳なさそうに貼ってある。確かに、都心の駅でしか見ない。

都会に行った事などないのだろう、昔は、ギャルだった人達は。

「左手が不自由なので、出来ません!!」令和のかなちゃんは、負けてない。

そうすると、彼女達は、気まずそうに、左側を覚束ない足取りで上って行く。

細やかな気配りが出来るかなちゃんは、歩いて上るマナー違反者の為に、数段空けて乗る。しかし、一部の歩かない人が、せっかく空けた段差を上がり、詰めてしまう。隣に並ぶ人も!?　ながらスマホだから、気付かない可能性もある。

左の視野ほぼゼロ、右の視力ほぼゼロだから、人にぶつからないように、細心の注意が必要になる。それでもぶつかる。

想像出来る人は稀だと思うが、まさに、「突然、人が現れる」のだ。

ながらスマホは、避けようともしない。他が避けると思っているのだろう。しかし、身体的理由で、避けられない人もいる。心臓がバクバク。

「何処、見て歩いてるんだ!!」あんたが加害者。「あんたにそのセリフ、倍返し」と心で叫ぶ。令和のかなちゃんは、雄弁。

駅に限らず、「左側通行」「右側通行」も、ナイーヴなかなちゃんの悩みの種。

左側通行を守ると、左側の手摺りに掴まりながら、階段を上らなければならない。

右手で、左側の手摺りを持つと交差させなければならない。

左側通行を右側の手摺りを持って下りていると、「左側通行でしょ。何しているのよ」と、左側通行を守って上ってきた、若い女性に怒鳴られる。「じゃ、中央に手摺りを付けてよ!!」心の中で叫ぶ。

令和のかなちゃんは、泣き寝入りしない。

精神・身体にハンディキャップがある人の為に、障害者手帳がある。

二十代の頃は、「障害者」扱いされたくないと言う思いが強く、手帳は使わなかった。しかし、マンションを購入し、薄給での生活になると、手帳を使わざるをえなくなる。

障害者にも格差がある。歩行が困難で、人のサポートが必要な重度な人、ペースメーカーが必要な一級・二級の人は、航空運賃も割引になる。

脳性麻痺で、左半身麻痺、右目視力ゼロ、左目視野ゼロのかなちゃんは、等級五級。軽い方から三番目。目は、等級に含まれない。

左半身麻痺でも、人に介助してもらい生活している人もいれば、自分のようにマンションを購入し、自立している者もいる。健常者でも、還暦を過ぎて親と同居し、親の年金で生活している8050問題のニュースを見ると、どっちが、障害者？　と思ってしまう。

等級を決めるのは、多分、ハンディキャップがない人だろう。どうして、判断出来るのだろうと、悶々気分。

航空券割引のないかなちゃんも、美術館、映画館など、ほとんどの施設が、無料で利用出来る。旅行の時は、本当に助かる。

目の不自由なお嬢さんが、美術館に行った時、「見えないくせに、無料だから、来るんだろう」と見ず知らずの人に言われ、号泣して帰ってきたと、お母さんが投稿していた。

白杖使用でも、全盲とは限らない。

弱視で、少しは見える場合もあるのだ。絵をはっきり見る事は出来なくても、「本物に触れたい」と言う、芸術的欲求は、ハンディキャップの有無など関係ない。耳が聞こえなくても作曲を続けた、偉大な音楽家、ベートーヴェンもいる。写真集等では味わえない、「本物」に触れる為に、白杖を使用しても、美術館に足を運ぶのだ。

各種「手帳」の割引で、「無料」で入場出来て、不公平だという思いがそのまま、言葉になったのだろう。見ず知らずのその日限りの縁だと思うから、そんな心ない言葉も言えるのだ。自分の友人がそうだったら、口が裂けても、言えない。確かに、入館料は無料だが、ハンディキャップがあるとそれ以上に出費が多い。特に目に不安があると、電車ではなく、タクシーを使用する事も多い。

美術館は、比較的空いている、平日に行きたい。会社に勤務している場合は、予め休暇の承諾を得る。

決行日までに、最高のコンディションの維持に努める。

前日まではベストコンディションでも、当日、体調を崩し行けなくなる事だってある。休暇が水の泡。心折れ折れ。

このお嬢さんも、自分の身体の事は十分に解っていて、コンディションキープに努めてたはず。その努力が実り、美術館に赴いたのだ。

「私の苦労も知らないで、勝手な事を言うな!!」との言葉が、号泣に含まれてたと思う。

ハンディキャップがあって高収入の人は、一握り。ハンディキャップがあっても「手帳」の割引があれば、少しでも楽しめるのだ。

「手帳」の後ろの事情を想像出来る心を養って欲しい。

最近、ウインカーを点けずに曲がる車が多い。ウインカーが点いてないから、安心して横断歩道を渡り始めたのに、中央まで来て、ウインカーを出して曲がってくる。出さない車も数知れず。

左折の場合、視野がないから、兎に角、怖い。

駅に向かう途中にセルフサービスのガソリンスタンドがある。前方から、ノロノロ車が進んでくる。

悪い予感、的中!!（目出度くない）

ウインカーを点けずに、ガソリンスタンドに、入ってきた。

「ウインカーを点けて下さい！　怖いんで」この時ばかりは一言、言いたくなった。

「ウインカー、点けてよ。ルール違反よ。それは、皆、歩行者の願い。気分次第で、ウインカー点けて。歩行者は、いつも怯えてるなんて。教習所、いったい何を教わってきたの!!　あなたやっぱり、あなたやっぱり、返上よ!!」《「プレイバックPart2」替え歌》

定年に手招きされる、お年頃。近所付き合いが抜群でも、それでは心細い。もっと、地元との人脈のパイプを太くしとかないと。

市の広報誌を目を皿にして見る。

「バリアフリー推進委員会」の「市民役員」の募集が目に入る。

応募は、「バリアフリーについて」思う事を原稿用紙三枚に書く。「どうせ、採用されない」と、日頃の不満を書きまくる。

「第一審査」通過の知らせが届き、面接の「第二審査」に進む!?

面接会場に、五人の面接官。一人、一人、「何部の何職の何々です」と自己紹介。ここまで来ても、「不採用」、その気持ちは変わる事なく、猫もかぶらず、素のかなちゃんで、臨む。

「なんと言う事でしょう!! 採用通知が届いたでは、ありませんか!?」

分厚い封筒には、誓約書等・振込申込書? そう、採用者には報酬が。不純な動機もあっての応募だった。

年に二、三回の会議。二年の任期。

会議に出席して、ビックリ!? この「バリアフリー推進委員会」発足して、二年間、何も活動してなかったらしい!?

民間の企業だったら、潰れる。

委員会の出席者は、市民役員五人の他に、各界の有識者が名前を連ねる。

某大学の助教授、モノレール会社の課長、身体・精神障害者団体の代表者。この代表者は、白杖を突く目の不自由な女性。この女性は、毎回発言する。報酬分は、発言しようと、かなちゃんも毎回発言する。役所の担当者は、発言者の前でスマホで動画を撮影。

上半身だけでも、女優になろう。

委員会の開催は、ある時は月曜日の十時開始、またある時は、金曜日の午後二時開始。開催月・曜日・時間の統一制が全くない。

開催の連絡は、メールで、ギリギリまで、連絡はこない。

会社に休暇の許可を貰うのに、一か月前には、詳細が欲しい。

役所の重鎮、優先。市民役員は、軽んじられている。

軽んじられていると言えば、「身体障害者手帳」の再発行の手続きに行った時。

受け付けてくれた職員の性格か風潮か、はたまた自分の思い込みかは、定かではないが、子供に諭すような口調で、説明される。

「此処に、記入して下さい」と、普通に言えばいいのに、「此処に、書いてくれるかな?」こう言っちゃなんだけど、私の方がもっと複雑な仕事をしているはず。

作業によっては、時間が掛かるのが解っているから、何回もシミュレーションする。

依頼する事案は、相手の優先順位に影響する。少しでも早く伝える。

一部には、名誉か不名誉か解らない「せっかち君」と呼ばれている。当日使用する資料は、事前に郵送。

第一回目は、筆記用具、真新しい鉛筆が二本、各席に用意されていた。

出席する側は、慣れているから自分で持参する人も多いと思う。資料に「各自持参」と明記すれば、用意する手間が省ける。

飲み物も用意されていたが、二回目はなし。

会は、役所の担当者が、郵送されている資料を全部読む。郵送する目的は、あらかじめ熟読して出席させる為だと理解していたが、違っていたようだ。約二時間の開催で、破格の報酬。実入りの良いアルバイトだ。

ハンディキャップがある人の主導の元、「バリアフリー推進会」を運営していかないとハンディキャップを持った人の望む、切実なバリアフリーの実現は出来ないと予知する。

【完】

父を偲ぶ編

父の遺品を整理していると、マラソン大会で、十四位をとった時の賞状が見つかる。《俺は、文武両道で、成績優秀、スポーツ万能。マラソン大会も、いつも一位だった。》と、耳にタコができるくらい、自慢していた。とんだ詐欺師。

父は、昭和十三年一月、モナカと師範の長男として、生まれた。

師範の仕事の都合で中国の大連に渡り、小学二年の時に、日本に引き揚げてきた。当時は、引揚者と言う事で、色々いじめを受けたらしい。「標準語」を喋る事だけでも、いじめの対象になる。

父の家族が住んでいた家も、引き揚げ当時、親類の一家が住んでいて、そこに間借りしていた。その親類にもいじめられていた。

兄弟は二歳下の妹、四人の弟。

妹、私にとっての叔母は、ママと同じ年。

が、小学四年の時、近くの大淀川で溺れて、叔母は、亡くなった。

小学四年の頃、宮崎に行く度、モナカは、私を叔母の名前で呼んだ。似ているという事は、叔母はかなりの美人さんだ。

父は、宮崎でもトップクラスの進学校の高校を卒業。政治家の福島瑞穂もこの高校の卒業だ。ママも同じ高校を卒業しているが、この時は、まだキューピッドは、「愛の矢」を放ってない。

着の身着のまま、引き揚げてきて、生活は苦しかったと思う。

師範とモナカの凄い所は、そんな生活の中でも、男の子五人を大学に進学させた事だ。

京都の大学に進学した父が、休暇で宮崎に帰ると、「兄貴（父）が帰ってくると、親父（師範）から、家中の掃除をさせられた。長男の兄貴は、何時も特別扱いだった」と叔父達から、聞かされる。

「俺なんか、お前達（叔父達）のように恐れ多くて、親父にため口なんてきけなかった」と父も負けてない。

かなちゃん、中間管理職の辛さを痛感す。

父は、子供の面倒が見れない。私とセカンドを連れて、動物園に行く。子供達が、まだ見ているのに、自分はもう見たからと、子供を残して、さっさと次に移動する。

父を追いかけて行ったセカンドは、他の男性の洋服を握っていた。

自分さえ満足すればの「性格」は、仕事でも、ありありで。

「赤いナップザックを背負って歩いて下さい」と部下にまで言われる始末。最初こそ、愛娘の一人暮らしに不満があったが、晩年は、実家に来るのを楽しみにしていたようだ。

「目尻を下げて、ニヤニヤしていたわよ」と、ママの言葉に嫉妬の含みを感じるのは、気のせいだろうか？

小島さんにハマっていた時は、「小島よしおが新聞出ていたから、切り取っておいてやったぞ」と、わざと名前を間違える。

弟のセカンドは、金融会社に勤務していた事もあり、結婚式も金融関係者も多く、カチッとしたものだった。お酒が入ると、陽気を通り越し過ぎる父も、理性が働く五十八ちゃい。

下の弟、エイトの結婚式は、テーブルクロスも自分達で選ぶ、フランクな式。

仲人も立てず、エイト自らマイクを握り、司会を務める。

六十六ちゃいになっていた父は、和やかな空気に緊張の糸が切れたのか、「お前（エイト）が全部喋ったから、俺の出る幕がないじゃないか」とへべれけ。

血は争えない。

と言うのは、父は自分の結婚式の披露宴で、「月が出た出た」を英語で、自ら歌ったのだ。

父が台無しにした、披露宴に救世主が現れる。父のすぐ下の叔父だ。現役時代は、大手自動車会社に勤務していた。メキシコなど海外赴任の経験もある超エリートだ。

その叔父が、アメリカ大統領選挙を題材にしたスピーチをする。叔父の血を濃く受け継いだ!?　かなちゃんは、同類の姪。スピーチの素晴らしさに、拍手喝采。

「あの子（叔父）の話、全然判らなくてつまらなかった」と言ったのは、モナカ。

父方の家系でも、トンビが、鷹を生んでいた事実が、証明された。

父が亡くなる数年前から、実家に行くようになった。これは、「マドンナ」の言葉によるところが大きい。

マドンナもお父さまを亡くしている。

「かなちゃん、用事がなくても、ご両親に会いに、実家に行きなね」経験から来る、重い言葉。

それから、父とよくマンションの前にある居酒屋に行くようになる。この居酒屋は、マンションの管理組合などの会合で、父やお仲間達が、頻繁に利用していた。

私と同じ年のご夫婦がやっていた。同世代で話題も合った。

ご主人が父と同じ誕生日である事が判明。夏目漱石と同じなのが、自慢らしい。

ある時、父と二人で呑んでいると、「年の離れたカップル」と思われる。「ね？　夫婦には見られてないでしょう？」と私。

二人が一緒にいると、「夫婦」にしか見えないと、自分の若さをアピールしていた。

父が亡くなるまでの数年間、一緒にお酒を呑めてよかったと思う。

ママと父の話をする度に、「マドンナに感謝だね」と言っている。

父が七十歳で亡くなり、十五年になる。


【完】

後書き

この数年、コロナ禍に限らず、同世代の有名人が亡くなっている。若い頃から疾患があり戦っていた人、年を重ねる事にあちこち身体に不具合が出てきた人。

同級生の「手を痛めて、片手しか使えなくて、凄く苦労している。かなちゃん、尊敬するよ」という言葉。

八十歳を過ぎたママが、「最近、足が痛くて、片方の手も痛くて、洋服を着替えるのが早く出来なくなった。あんたの大変さが、わかった」という言葉を聞くと、「早くから不自由で良かった」と、批判覚悟で、思わずにはいられない。

麻痺になる前の写真を載せたが、ＩＱが高くても、流石に左手が動いていた記憶はない。

「原稿を執筆」なんて言うと、大作家みたいだが、出版の契約をしてからは、本当に書いた。

ガラホに文章を打ち込み、週末に、校正・精査しながら、原稿用紙を起こす。

米沢旅行の原稿七枚にも苦労したのに、百枚以上なんて、本当に書けるのか？

出口の見えない迷路に不安は増すばかり。

六十枚位の原稿をメールで送る（便利な時代に感謝）も、「あんな事、こんな事、あったでしょう？」記憶が、天から降りてくる。

「すでに送った原稿は、サンプルと言う事で……」と、構成を練り直す。

小説の場合、本当にゼロからのスタートだが、自伝は、自分の年齢分の枚数はすでに書かれている。

折角、チャンスをもらったので、妥協はしたくない。

書いてるうちに、自分には沢山の大切な人がいてくれる事を再確認。

加齢も手伝って、過去の嫌な思い出は、色あせてあまり覚えていない。

身体にハンディキャップがあっても、一人暮らしを満喫し、やりたい事はほとんど叶えてこれたのは、ある人が、言ってくれた言葉があったからだ。

高校時代、マンションにボーイスカウトの団長をしているおじ様がいた。セカンドのカブスカウトの団長も兼任していたと、思う。

その関係で、面識があった。

彼も少し、ハンディキャップがあった。夏休みのラジオ体操の、リーダーもしていた。

通学は、マンションが始発のバスで、駅まで乗る。バス停に向かう途中で、おじ様と一緒になる事が多かった。並んで一緒に歩く。

「君は、偉いね。頑張っているね」と、いつも言ってくれた。

何気ない言葉だが、自分にとっては勇気の出るおまじないだ。

くじけそうになった時、このおまじないを呟き、乗り越えてきた。

「健常者」「障害者」に関係なく、平等なものがある。それは、「時間」だ。ハンディキャップがあって、動作に時間がかかるからと言って、一日が四十八時間には、ならない。

「健常者」でも時間の管理が出来なく、仕事が終わらない人もいる。逆に「障害者」でも、工夫次第で、仕事が速い人もいる。

要は、「時間」を味方に付けた方が、「勝ち」だと思う。この本が、ハンディキャップの為に、夢を躊躇している人の小さな小さな「おまじない」になれたら、本望だ。

推薦してくれた出版企画部の田口小百合さん、優しく丁寧なアドバイスをしてくれた編成企画部の工藤望智さん、編集部分室の竹内明子さんには、感謝しかない。本当にありがとうございました。

最後に、書き上げた、自分を褒めてあげたい。

【完】

著者プロフィール

水城 れおん（みずき れおん）

1964年生まれ。
東京都出身、千葉在住。
1985年安田生命退職。
現在証券会社勤務。

右手でチャチャチャ

2024年3月15日　初版第1刷発行
2024年12月5日　初版第2刷発行

著　者　水城 れおん
発行者　瓜谷 綱延
発行所　株式会社文芸社
〒160-0022　東京都新宿区新宿1－10－1
電話　03-5369-3060（代表）
03-5369-2299（販売）

印　刷　株式会社文芸社
製本所　株式会社MOTOMURA

ISBN978-4-286-24773-1